El gran cambiazo

Roald Dahl

El gran cambiazo

Traducción de Jordi Beltrán

EDITORIAL ANAGRAMA
BARCELONA

Título de la edición original:
Switch Bitch
Michael Joseph
Londres, 1974

Ilustración: © Dasha Stekolschikova

Primera edición en «Contraseñas»: 1981
Primera edición en «Compactos»: febrero 1994
Décima edición en «Compactos»: enero 2026

ROALD DAHL

www.roalddahl.com

Diseño de la colección: Julio Vivas y Estudio A

© The Roald Dahl Story Company Limited, 1974
   Roald Dahl es una marca registrada de The Roald Dahl Story Company Ltd.

© EDITORIAL ANAGRAMA, S. A. U., 1981
   Pau Claris, 172
   08037 Barcelona

ISBN: 978-84-339-4875-5
Depósito legal: B. 16756-2025

Printed in Spain

Liberdúplex, S. L. U., ctra. BV 2249, km 7,4 - Polígono Torrentfondo
08791 Sant Llorenç d'Hortons

EL VISITANTE

No hace mucho tiempo, un voluminoso cajón de madera fue depositado en la puerta de mi casa por el servicio ferroviario de reparto a domicilio. Se trataba de un objeto insólitamente resistente y bien construido, hecho de algún tipo de madera dura, de color rojo oscuro, bastante parecida a la caoba. Lo levanté con mucha dificultad y, tras depositarlo sobre una mesa del jardín, lo examiné ciudadosamente. En uno de sus lados decía que había llegado de Haifa a bordo del *Waverley Star,* pero no pude encontrar el nombre ni la dirección del remitente. Traté de pensar en alguien que viviese en Haifa o por allí y que deseara enviarme un regalo magnífico. No se me ocurrió nadie. Me dirigí lentamente hacia el cobertizo donde guardaba los aperos de jardinería, sumido aún en profundas reflexiones sobre el asunto, y volví con un martillo y un destornillador. Luego empecé a levantar con mucho cuidado la tapa del cajón.

¡Estaba lleno de libros! ¡Unos libros extraordinarios! Uno por uno los fui sacando del cajón (sin hojearlos aún) y los dejé sobre la mesa, formando tres montones elevados. Había veintiocho volúmenes en total y he de confesar que eran bellísimos. Cada uno de ellos estaba encuadernado idéntica y soberbiamente en lujoso tafilete color verde, con las iniciales O. H. C. y un número romano (del I al XXVIII) estampado en oro sobre el lomo.

Cogí el volumen que tenía más a mano, el número XVI, y lo abrí. Las páginas, blancas y sin rayar, aparecían rellenas de una letra pequeña y pulcra, escrita con tinta negra. En la portada constaba una fecha: «1934». Nada más. Cogí otro volumen, el número XXI. Contenía más páginas escritas con la misma letra, pero en la portada decía «1939». Lo dejé sobre la mesa y cogí el volumen I con la esperanza de encontrar en él un prefacio o algo parecido, o tal vez el nombre del autor. En lugar de ello, dentro de la cubierta del libro encontré un sobre. Iba dirigido a mí. Extraje la carta que había dentro y eché un rápido vistazo a la firma. *Oswald Hendryks Cornelius,* decía.

¡Era el tío Oswald!

Ningún miembro de la familia había tenido noticias del tío Oswald desde hacía más de treinta años. La carta estaba fechada el 10 de marzo de 1964 y hasta su llegada sólo podíamos suponer que el tío Oswald existía aún. En realidad, nada se sabía de él salvo que vivía en Francia, que viajaba mucho, que era un solterón acaudalado, de gustos repugnantes y a la vez atractivos, que se negaba empecinadamente a tener trato con sus parientes. Todo lo demás eran rumores y habladurías, pero los rumores eran tan espléndidos y las habladurías resultaban tan exóticas que hacía ya tiempo que Oswald se había convertido en un héroe resplandeciente y una leyenda para todos nosotros.

«Mi querido muchacho —empezaba la carta:

»Creo que tú y tus tres hermanas sois los únicos parientes cercanos y consanguíneos que me quedan. Por consiguiente, sois mis legítimos herederos y, como no he hecho testamento, todo lo que deje al morir será vuestro. Por desgracia, no tengo nada que dejar. Antes tenía mucho y el hecho de que recientemente me haya librado de todo ello como mejor me ha parecido no es asunto vuestro. A guisa de consuelo, sin embargo, os envío mis diarios personales. Creo que éstos deberían permanecer en la familia. Abarcan los mejores años de mi vida y no os hará ningún daño leerlos. Pero si los mostráis a otros o permitís que los lea algún extraño, correréis un gran peligro. Si los publicas, me imagino que ello sería el fin simultáneo tanto de ti como del editor. Porque debes entender que miles de las heroínas a las que menciono en los diarios siguen estando medio muertas solamente y si fueras lo bastante estúpido como para manchar con letras escarlatas su reputación, que es blanca como la azucena, tendrían tu cabeza en una bandeja en dos segundos escasos y probablemente, por si fuera poco, la asarían en el horno. De modo que será mejor que te andes con cuidado. Sólo te vi una vez. De eso hace años, en 1921, cuando tu familia vivía en aquel feo caserón del sur de Gales. Yo era un tío y tú no eras sino un niño muy pequeño, de unos cinco años. No creo que te acuerdes de la joven niñera noruega que tenías por aquel entonces. Era una joven notablemente limpia y fornida y tenía una figura exquisita, incluso cuando llevaba aquel uniforme de peto ridículamente almidonado que le ocultaba su pecho encantador. La tarde en que estuve allí, la niñera iba a dar un paseo contigo por el bosque, para recoger campanillas azules, y yo le pregunté si podía ir con vosotros. Y cuando nos hubimos internado mucho en el bosque, te dije que te daría una tableta de chocolate si eras capaz de regresar a casa solito. Y lo fuiste (véase el volumen III). Eras un niño con sentido común. Adiós – *Oswald Hendryks Cornelius*».

La súbita llegada de los diarios causó gran excitación en la familia y nos apresuramos a leerlos. No nos decepcionaron. Su contenido era asombroso: hilarante, ingenioso, excitante y, a menudo, también conmovedor, mucho. La vitalidad del tío Oswald era increíble. Siempre estaba en movimiento, de una ciudad a otra, de país en país, de mujer en mujer y, entre una mujer y la siguiente, se dedicaba a buscar arañas en Cachemira o a seguirle la pista a algún jarrón de porcelana azul en Nankín. Pero las mujeres siempre eran lo primero. Adondequiera que fuese, siempre dejaba tras él una estela interminable de mujeres, hembras ofendidas y mancilladas de manera indecible, pero ronroneando como gatitas.

Veintiocho volúmenes de exactamente trescientas páginas cada uno tardan mucho en leerse y hay pocos escritores, poquísimos, capaces de retener el interés de sus lectores a lo largo de semejante extensión de papel. Pero Oswald lo consiguió. La narración nunca parecía perder su sabor, el ritmo jamás decaía y casi sin excepción cada apunte, fuese largo o corto, tratase de lo que tratara, se convertía en una maravillosa historieta individual, completa en sí misma. Y al final de todo, una vez leída la última página del último volumen, uno se quedaba sin respiración, pensando que tal vez acababa de leer una de las mejores obras autobiográficas de nuestro tiempo.

Si se la considerase exclusivamente como la crónica de las aventuras amorosas de un hombre, entonces es indudable que no hay nada que se le pueda comparar. A su lado, las memorias de Casanova son como una hoja parroquial y el mismísimo y famosísimo amante, comparado con Oswald, se nos aparece como un hombre con unos apetitos sexuales decididamente adormecidos.

Cada página contenía dinamita social; en eso Oswald tenía razón. Pero se equivocaba al pensar que las explosiones vendrían únicamente de las mujeres. ¿Qué decir de sus maridos, de aquellos infelices humillados y cornudos? El cornudo, cuando se le provoca, es un pájaro muy feroz y habría miles y miles de ellos que remontarían el vuelo en el caso de que los Diarios de Cornelius, sin cortes de ninguna clase, viesen la luz del día estando ellos vivos todavía. La publicación, por consiguiente, quedaba descartada.

Lástima. Hasta tal punto me parecía lamentable, que pensé que había que hacer algo al respecto. Así que me senté y releí los diarios de cabo a rabo con la esperanza de descubrir cuando menos un pasaje completo que pudiera publicarse sin que el editor y yo mismo nos viéramos envueltos en litigios serios. Con gran alegría encontré nada menos que seis. Se los mostré a un abogado. Me dijo que, a su juicio, *tal vez* estuvieran «exentos de peligro», aunque no podía garantizármelo. Uno de dichos pasajes, «El episodio del desierto del Sinaí», parecía «menos peligroso» que los otros cinco, añadió el abogado.

De modo que he decidido empezar por ése y ofrecerlo a algún editor en seguida, al terminar este breve prefacio. Si me lo aceptan y todo sale bien, puede que entonces publique uno o dos más.

El apunte correspondiente a lo del Sinaí procede del último de los volúmenes, el número XXVIII, y lleva la fecha del 24 de agosto de 1946. A decir verdad, es el *último apunte* del último de todos los volúmenes, la última cosa que escribiera Oswald, y no sabemos adonde fue ni qué hizo después de la fecha citada. Sólo podemos hacer conjeturas. El apunte se lo ofreceré palabra por palabra dentro de un momento, pero ante todo, y para que les resulte más fácjl entender algunas de las cosas que Oswald dice y hace en su historia, permítanme que trate de hablarles un poco acerca del propio Oswald. De la masa ingente de confesiones y opiniones que contienen los veintiocho volúmenes, surge una impresión bastante clara de su carácter.

En la época del episodio del Sinaí, Oswald Hendyks Cornelius contaba cincuenta y un años de edad y, desde luego, nunca se había casado. «Me temo», solía decir, «que he sido bendecido –¿o debería decir «maldecido»?– con una naturaleza desusadamente quisquillosa».

En ciertos sentidos esto era cierto, mas en otros, y especialmente en lo que se refería al matrimonio, su afirmación era exactamente lo contrario de la verdad.

La verdadera razón por la cual Oswald se había negado a contraer matrimonio era sencillamente que nunca en la vida había sido capaz de confinar sus atenciones a una mujer determinada durante más tiempo del que se necesitaba para conquistarla. Una vez la conquistaba, perdía todo interés por ella y emprendía la búsqueda de una nueva víctima.

Es difícil que un hombre normal considerase que ésta era una razón válida para permanecer soltero, pero Oswald no era un hombre normal. Ni siquiera era un polígamo normal. Era, por decirlo claramente, un tenorio tan desenfrenado e incorregible que ninguna esposa del mundo le habría soportado durante más de unos días, por no hablar de la duración de una luna de miel, aunque sabe el cielo que bastantes mujeres se hubiesen mostrado deseosas de probar suerte.

Oswald era una persona alta y delgada, de aire frágil y lánguidamente estético. Su voz era dulce, sus modales eran corteses y, a primera vista, más parecía un gentilhombre de cámara que un célebre bribón. Jamás hablaba de sus aventuras amorosas con otros hombres, y un extraño, aunque pasara toda una velada hablando con él, no habría observado el menor asomo de engaño en los ojos claros y azules de Oswald. De hecho, era exactamente la clase de hombre que un padre ansioso probablemente elegiría para que acompañase a su hija y la dejara sana y salva en casa.

Pero si sentabais a Oswald al lado de una *mujer*, de una mujer que le interesase, sus ojos cambiaban instantáneamente y, al mirarla, una chispita peligrosa empezaba a danzar poco a poco en el mismo centro de cada pupila; y luego iniciaba la conquista hablándole de manera rápida e inteligente y es casi seguro que más ingeniosamente de lo que nadie le hubiese hablado antes. Era un don que tenía el tío Oswald, un talento de lo más singular, y, cuando se empeñaba en ello, era capaz de hacer que sus palabras se enroscasen alrededor de la oyente hasta aprisionarla en una especie de dulce trance hipnótico.

Pero no eran únicamente su charla ingeniosa y la expresión de sus ojos lo que fascinaba a las mujeres. Estaba también su nariz. (En el volumen XIV Oswald incluye, con obvia satisfacción, una nota que le escribió cierta dama describiendo con gran detalle cosas como ésta). Parece ser que cuando Oswald se excitaba, algo extraño empezaba a ocurrir alrededor de las ventanas de su nariz, un endurecimiento de los bordes, un ensanchamiento visible que dilataba los orificios y revelaba grandes extensiones de la piel lustrosa y rojiza del interior. Esto creaba una impresión rara, desenfrenada, animal y, aunque puede que el fenómeno no parezca especialmente atractivo al describirlo sobre el papel, su efecto sobre las damas era eléctrico.

Casi sin excepción las mujeres se sentían atraídas hacia Oswald. En primer lugar, era un hombre que se negaba obstinadamente a ser dominado, lo cual lo hacía automáticamente deseable. Añádase a esto la combinación nada frecuente de un intelecto de primera, encanto en abundancia y una reputación de excesiva promiscuidad y se obtendrá una receta potente.

Además, y olvidando por unos momentos el aspecto licencioso y censurable, conviene tener en cuenta que el carácter de Oswald presentaba otras facetas sorprendentes que bastaban por sí solas para hacer de él una persona intrigante. Eran muy pocas, por ejemplo, las cosas que no supiera acerca de la ópera italiana del siglo XIX y había escrito un curioso librito, un manual, sobre los tres compositores Donizetti, Verdi y Ponchielli. En él nombraba a la totalidad de las queridas importantes que tuvieran los citados hombres durante su vida y examinaba, de forma harto seria, la relación entre la pasión creadora y la pasión carnal, así como la influencia de la una sobre la otra, especialmente en lo que concernía a las obras de estos compositores.

La porcelana china era otra de las cosas que interesaban a Oswald y se le tenía por una especie de autoridad internacional en la materia. Los jarrones azules del período Chin Hoa le inspiraban un amor especial y tenía una colección reducida pero exquisita de piezas de dicho período.

También coleccionaba arañas y bastones.

Su colección de arañas, o, para ser más exactos, su colección de arácnidos, dado que incluía escorpiones y pedipalpos, posiblemente era tan extensa como cualquier otra colección, exceptuando las de los museos, y poseía un conocimiento impresionante de los centenares de géneros y especies. Por cierto que mantenía la tesis (probablemente correcta) de que la seda de la araña era de calidad superior a la seda corriente que tejen los gusanos y nunca llevaba corbata alguna que no fuese de seda de araña. Poseía unas cuarenta corbatas de ésas en total y con el fin de adquirirlas, y también de poder añadir un par de corbatas nuevas cada año, tenía que mantener miles y miles de *Arana y Epeira diademata* (las arañas comunes de los jardines ingleses) en un viejo invernadero que había en el jardín de su casa de campo de las afueras de París, donde los animalitos crecían y se multiplicaban aproximadamente al mismo ritmo con que se devoraban unos a otros. De ellos, Oswald en persona recogía el hilo bruto –nadie más estaba dispuesto a entrar en aquel horrible invernadero– y lo enviaba a Aviñón, donde era devanado, torcido, lavado, teñido y transformado en tejido. De Aviñón, el tejido era entregado directamente a la casa Sulka, a quienes encantaba todo el asunto y gustosamente confeccionaban corbatas con un tejido tan raro y maravilloso.

–Pero las arañas no pueden gustarte *realmente* –le decían a Oswald las mujeres que lo visitaban, cuando les mostraba su colección.

–Pues las adoro –les contestaba él–. Especialmente las hembras. Me recuerdan tanto a ciertas hembras de la especie humana que conozco. Me recuerdan a mis hembras humanas favoritas.

–¡Qué tontería, cariño!

–¿Tontería? No lo creo así.

–Es bastante insultante.

–Al contrario, querida mía, es el mayor cumplido que podría hacer. ¿No sabías, por ejemplo, que la araña hembra es tan salvaje al hacer el amor que el macho está de suerte si sale con vida del trance? Sólo si es extremadamente ágil y posee un ingenio maravilloso logra salir entero.

–¡*Oswald*!

–¿Y la araña de mar, querida mía? La chiquitina araña de mar es tan peligrosamente apasionada que su amante, antes de atreverse a abrazarla, tiene que atarla con complicados nudos y bucles hechos con su propio hilo...

–¡*Basta*, Oswald, basta *ya!* –exclamaban las mujeres, con los ojos relucientes.

La colección de bastones de Oswald también era algo sin igual. Cada uno de ellos había pertenecido a una persona distinguida o a una persona repugnante y Oswald los guardaba todos en su piso de París, donde estaban expuestos en dos largas bastoneras apoyadas contra las paredes del pasillo (¿o deberíamos llamarlo «camino real»?) que conducía de la sala de estar al dormitorio. Cada bastón tenía su propio rotulito de marfil: Sibelius, Milton, el rey Faruk, Dickens, Robespierre, Puccini, Osear Wilde, Franklin Roosevelt, Goebbels, la reina Victoria, Toulouse-Lautrec, Hindenburg, Tolstoi, Laval, Sarah Bernhardt, Goethe, Voroshiloff, Cézanne, Tojo... Debía de haber más de cien en total, algunos muy hermosos, otros muy sencillos, algunos con puntera de oro o plata y otros con empuñadura curvada.

–Coge el Tolstoi –decía Oswald a una bonita visitante–. Vamos, cógelo... así... y ahora... frota suavemente con la palma el nudo desgastado y lustroso por el roce de la mano del gran hombre. ¿No te parece maravilloso el simple contacto de tu piel con ese punto?

–Sí lo es, sí, sí lo es.

–Y ahora coge el Goebbels y haz lo mismo. Pero hazlo como es debido. Deja que la palma se cierre fuertemente sobre el mango... así... y ahora... apoya el peso de tu cuerpo en el bastón, apóyate con fuerza, exactamente como solía hacerlo el pequeño y deforme doctor... eso... así... ahora quédate así durante uno o dos minutos y dime si no sientes como si un delgado dedo de hielo te subiera por el brazo y se desviase hacia tu pecho.

–¡Es aterrador!

—Claro que lo es. Hay personas que pierden el conocimiento. Sencillamente se desploman.

Nadie se aburría jamás en compañía de Oswald y quizás ésa, más que cualquier otra cosa, fuera la razón de su éxito.

Llegamos ahora al episodio del Sinaí. Durante aquel mes, Oswald se había divertido recorriendo en automóvil, sin ninguna prisa, la distancia que hay entre Jartum y El Cairo. Su coche era un espléndido Lagonda de antes de la guerra que había permanecido cuidadosamente guardado en Suiza durante los años que durara la contienda y, como pueden imaginar ustedes, estaba dotado de todos los artilugios existentes bajo el sol. El día antes del Sinaí (23 de agosto de 1946) Oswald se encontraba en El Cairo, hospedado en el Shepheard's Hotel, y aquella tarde, tras una serie de maniobras descaradas, había logrado atrapar a una dama marroquí, de origen supuestamente aristocrático, llamada Isabella. Sucede que la tal Isabella era la amante, estrechamente vigilada, nada menos que de cierto personaje real (por aquél entonces en Egipto había aún monarquía) dispéptico y de mala reputación. Fue una jugada típicamente oswaldiana.

Pero aún había más. A medianoche condujo a la dama en coche hasta Giza y la convenció para que, bajo la luz de la luna, se encaramase con él hasta la misma cima de la gran pirámide de Keops.

—...No puede haber lugar más seguro —escribió en el diario— ni más romántico que el ápice de una pirámide en una noche cálida de luna llena. Las pasiones se agitan no sólo a causa de la magnífica vista sino también por efecto de esta curiosa sensación de poder que invade el cuerpo cuando uno contempla el mundo desde una gran altura. En cuanto a la seguridad, esta pirámide mide exactamente ciento cuarenta y cuatro metros de altura, lo cual representa treinta y cuatro metros más que la cúpula de la catedral de San Pablo, y desde la cima uno puede observar con la mayor facilidad todos los accesos a ella. Ningún otro *boudoir* de la tierra puede ofrecer esta facilidad. Ninguno tiene tantas salidas de emergencia tampoco, de manera que, si alguna figura siniestra se encaramase por un lado de la pirámide, persiguiéndonos, uno sólo tenía que deslizarse tranquilamente, sin hacer ruido, por el otro...

Dio la casualidad de que Oswald escapó por un pelo aquella noche. De alguna manera, en palacio debieron de enterarse de su aventurilla, ya que Oswald, desde su elevado pináculo bañado por la luna, de repente observó que *tres* figuras siniestras, en lugar de una sola, se acercaban por tres lados distintos y empezaban a escalar la pirámide. Mas, por suerte para él, la gran pirámide de Keops tiene un cuarto lado, y, cuando aquellos criminales árabes llegaron a la cúspide, los dos amantes ya estaban en la base y se metían en el coche.

El apunte correspondiente al 24 de agosto reanuda la historia exactamente aquí. Lo reproducimos palabra por palabra, con puntos y comas, tal como lo escribió Oswald. No se ha alterado, añadido ni suprimido nada:

24 de agosto de 1946

—Cortar la cabeza a Isabella si la pilla ahora —dijo Isabella.

—Tonterías —repuse, aunque pensé que probablemente tenía razón.

—También cortar la cabeza a Oswald —dijo ella.

—Ni pensarlo, querida mía. Estaré muy lejos de aquí cuando se haga de día. Ahora mismo parto Nilo arriba, camino de Luxor.

Nos alejábamos rápidamente de la pirámide en el coche. Eran alrededor de las dos y media de la madrugada.

—¿A Luxor? —dijo ella.

—Sí.

—¿E Isabella ir contigo?

–No.

–Sí –dijo ella.

–Va en contra de mis principios viajar con una dama –dije.

Podía ver algunas luces delante de nosotros. Eran del Mena House Hotel, lugar que permite a los turistas hospedarse en el desierto, no muy lejos de las pirámides. Me acerqué bastante al hotel y detuve el coche.

–Voy a dejarte aquí –dije–. Nos lo hemos pasado muy bien.

–¿De modo que no llevar a Isabella a Luxor?

–Me temo que no –dije–. Vamos, bájate del coche.

Isabella empezó a apearse del automóvil, luego se detuvo con un pie en la calzada y, de pronto, se volvió en redondo y vertió sobre mí tal torrente de palabras obscenas como nunca había oído yo en labios de una dama desde... bueno, desde 1931, en Marrakech, cuando la vieja y golosa duquesa de Glasgow metió la mano en una caja de bombones y fue mordida por un escorpión que casualmente yo había depositado en ella a guisa de custodio (Volumen XIII, 5 de junio de 1931).

–Eres asquerosa –dije.

Isabella se apeó rápidamente y cerró la portezuela con tanta fuerza que el coche entero saltó sobre sus ruedas. Me alejé de allí velozmente. Gracias al cielo me había librado de ella. No soporto los malos modales en una chica bonita.

Mientras conducía tenía un ojo puesto en el espejo retrovisor, pero de momento no parecía que me siguiese ningún coche. Cuando llegué a la periferia de El Cairo empecé a abrirme paso a través de calles laterales, evitando el centro de la ciudad. No me sentía especialmente preocupado. No era probable que los sicarios del rey llevasen el asunto mucho más lejos. A pesar de ello, hubiera sido una temeridad volver al Shepheard en aquel momento. De todos modos, no era necesario, ya que todo mi equipaje, exceptuando una maleta pequeña, lo tenía conmigo en el coche. Cuando estoy en una ciudad extranjera y salgo por la noche, nunca dejo las maletas en la habitación del hotel. Me gusta la movilidad.

No tenía la menor intención de ir a Luxor, por supuesto. Lo que ahora deseaba era largarme de Egipto. El país no me gustaba ni pizca. Ahora que lo pienso, nunca me había gustado. Aquel lugar me hacía sentir incómodo dentro de mi pellejo. Creo que se debía a la suciedad que imperaba por doquier, así como a los olores pútridos. Aunque la verdad, reconozcámoslo, es que se trata realmente de un país miserable; y albergo la fuerte sospecha, aunque detesto tener que decirlo, de que los egipcios se lavan menos a conciencia que los demás pueblos del mundo, con la posible excepción de los mongoles. Desde luego no lavan la vajilla a mi gusto. Créase o no, había una señal de labios larga, costrosa, de color café, en el borde de la taza que colocaron ante mí ayer a la hora del desayuno. ¡Uf! ¡Era repulsiva! No podía apartar los ojos de ella mientras me preguntaba de quién serían los labios babosos que allí la dejaran.

Me encontraba conduciendo ahora por las calles angostas y sucias de los suburbios orientales de El Cairo. Sabía exactamente adonde iba. Había tomado una decisión en ese sentido antes incluso de haber bajado hasta la mitad de la pirámide con Isabella. Me dirigía a Jerusalén. La distancia era insignificante y la ciudad siempre me había gustado. Además, era la manera más rápida de salir de Egipto. Procedería del modo siguiente:

1. De El Cairo a Ismailia. Unas tres horas en coche. Cantaría una ópera durante el trayecto, como de costumbre. Llegada a Ismailia entre 6 y 7 de la mañana. Tomaría una habitación y dormiría un par de horas. Luego ducha, afeitado y desayuno.

2. A las 10 de la mañana, cruzaría el Canal de Suez por el puente de Ismailia y cogería la carretera del desierto que cruza el Sinaí hasta la frontera palestina. Durante la travesía del desierto del Sinaí buscaría escorpiones. Tiempo: unas cuatro horas; llegada a la frontera palestina : a las 2 del mediodía.

3. Desde allí seguiría directamente hasta Jerusalén pasando por Beer Sheva y llegando al King David Hotel a tiempo para tomarme unos cócteles y cenar.

Hacía varios años desde la última vez que había viajado por aquella carretera, pero recordaba que el desierto del Sinaí era un lugar notable por sus escorpiones. Necesitaba desesperadamente otro opistoftalmo hembra, uno grande. Al espécimen que poseía le faltaba el quinto segmento de la cola y me avergonzaba de él.

No tardé mucho en encontrar la carretera principal de Ismailia y, en cuanto la cogí, puse el Lagonda a sus buenos cien kilómetros por hora. La carretera era angosta, pero el firme era liso y no había tráfico. El país del Delta se extendía a mi alrededor, lúgubre y desolado bajo la luz de la luna, los campos llanos y sin árboles, canales de regadío entre ellos y el suelo negro, negrísimo, por doquier. Resultaba indeciblemente sombrío.

Pero *a mí* no me preocupaba. Yo no formaba parte de ello. Me encontraba completamente aislado en mi propia y lujosa cascarita, tan abrigado como un cangrejo ermitaño y viajando mucho más aprisa que él. ¡Oh, cómo me gusta moverme, volar hacia gentes y lugares nuevos, dejar atrás, muy atrás los viejos! Nada en el mundo me estimula tanto como eso. ¡Y cómo desprecio al ciudadano medio que se establece en un diminuto pedazo de tierra con una mujer asnal para reproducirse, cocerse en su propio jugo y pudrirse hasta el fin de sus días! ¡Y siempre con la misma mujer! No puedo *creer* que un hombre en su sano juicio sea capaz de soportar a una sola mujer día tras día y año tras año. Algunos de ellos no lo hacen, desde luego. Pero hay millones que fingen hacerlo.

Lo que es yo, nunca, absolutamente nunca he permitido que una relación íntima durase más de doce horas. Ese es el límite máximo. Incluso ocho horas son estirar demasiado las cosas, a mi modo de ver. Ahí tienen, por ejemplo, lo que pasó con Isabella. Mientras estuvimos en la cúspide de la pirámide se comportó como una dama de brillantes cualidades, complaciente y juguetona como un perrito y, de haberla dejado allí, a merced de aquellos tres árabes asesinos, mientras yo huía pirámide abajo, todo hubiese ido bien. Pero cometí la tontería de no separarme de ella y de ayudarla a bajar y, a resultas de ello, la encantadora dama se había convertido en una ramera vulgar y gritona que daba asco de ver.

¡En qué mundo vivimos! En estos tiempos nadie te agradece la caballerosidad.

El Lagonda siguió avanzando limpiamente a través de la noche. Había llegado el momento de la ópera. ¿Cuál sería esta vez? Estaba de humor para algo de Ver di. ¿Qué tal si cantaba *Aida?* ¡Pues claro! Tenía que ser *Aida...* ¡la ópera egipcia! De lo más apropiado.

Empecé a cantar. Aquella noche estaba excepcionalmente bien de voz. Puse todo mi entusiasmo en el canto. Fue delicioso; y al cruzar la pequeña ciudad de Bilbeis, yo era la mismísima Aida, cantando *«Numei pietà»*, el bello pasaje con que concluye la primera escena.

Media hora más tarde, en Zagazig, me había convertido en Amonasro y suplicaba al rey de Egipto que salvase a los cautivos etíopes con *«Ma tu, re, tu signore possente»*.

Al cruzar El Abbasa era Radamés, interpretando *«Fuggiam gli adori nospiti»*, y abrí todas las ventanillas del coche para que esa incomparable canción de amor llegase a los oídos de los felás que roncaban en sus chozas a la vera de la carretera y tal vez se mezclase con sus sueños.

Al entrar en Ismailia eran las seis de la mañana y el sol ya subía hacia lo alto de un cielo azul lechoso, pero yo me encontraba en un horrible calabozo, sellado a cal y canto, con Aida, cantando *«O, terra, addio; addio valle di pianti!»*

¡Qué rápido había resultado el viaje! Llevé el coche hasta un hotel. El personal empezaba justo a desperezarse. Los desperecé

21

un poco más y conseguí la mejor habitación disponible. Las sábanas y la manta de la cama parecían como si hubiesen dormido en ellas veinticinco egipcios de los que no se lavaban durante veinticinco noches consecutivas, así que las quité con mis propias manos (que inmediatamente me lavé con jabón antiséptico) y las reemplacé con mi propia ropa de cama. Luego puse el despertador y dormí como un tronco durante dos horas.

Para desayunar encargué un huevo escalfado sobre una tostada. Cuando llegó el plato –les aseguro que se me revuelve el estómago sólo de escribirlo– había un *lustroso, ensortijado* y *negrísimo cabello humano,* de siete centímetros de longitud, cruzando en diagonal la yema de mi huevo escalfado. Era demasiado. Me levanté de un salto y salí precipitadamente del comedor. «*¡Addio!* –exclamé, arrojando unas cuantas monedas hacia el cajero al pasar por delante de él–. «*¡Addio, valle di pianti!*» Y, así diciendo, sacudí de mis pies el sucio polvo del hotel.

Me dirigí hacia el desierto del Sinaí. ¡Qué agradable cambio sería el desierto! Un desierto de verdad es uno de los lugares menos contaminados de la tierra y el del Sinaí no era una excepción. La carretera que lo cruzaba era una franja estrecha de asfalto negro de unos doscientos veinticinco kilómetros de longitud, con una sola gasolinera y un grupo de chozas en su mitad, en un lugar llamado B'ir Rawd Salim. Aparte de esto, no había nada más que desierto puro y deshabitado durante el resto del camino. Haría mucho calor en esa época del año, por lo que era esencial llevar agua potable en caso de que el coche sufriera una avería. Así, pues, me detuve ante una especie de almacenes que había en la calle principal de Ismailia con el objeto de que me llenasen la lata para casos de emergencia.

Entré en los almacenes y hablé con el propietario. El hombre padecía un tracoma galopante. La granulación de las superficies inferiores de sus párpados era tan aguda que tenía los propios párpados levantados hasta más arriba de los globos de los ojos: un espectáculo bestial. Le pregunté si quería venderme unos cuatro litros de agua *hervida*. Pensó que yo estaba loco y aún más loco cuando insistí en seguirle hasta su mugrienta cocina para asegurarme de que hacía las cosas como Dios manda. Llenó una marmita con agua del grifo y la colocó sobre un hornillo de petróleo. El hornillo tenía una llamita amarilla y humeante. El propietario parecía sentirse muy orgulloso del hornillo y de su funcionamiento. Se quedó de pie ante él, admirándolo con la cabeza ladeada. Luego sugirió que, tal vez, yo desearía salir de la cocina y esperar en la tienda. Dijo que me traería el agua cuando estuviese hervida. Me negué a salir de allí. Me quedé vigilando la marmita como un león, esperando que el agua hirviese. Y, mientras esperaba, la escena del desayuno volvió a mí súbitamente, con todo su horror: el huevo, la yema y el cabello. ¿De quién sería el cabello incrustado en la viscosa yema del huevo que me habían servido para desayunar? Sin duda sería del cocinero. ¿Y cuándo, pregunto yo, se habría lavado la cabeza por última vez el cocinero? Probablemente nunca se la había lavado. Muy bien. Era casi seguro que tendría piojos. Pero los piojos no bastaban para hacer caer un cabello. Así, pues, *¿cuál* fue la causa de que un pelo del cocinero cayera sobre mi huevo escalfado aquella mañana en el momento en que el hombre pasaba el huevo de la sartén al plato? Hay una explicación para todas las cosas y en este caso la explicación era obvia. El cuero cabelludo del cocinero estaba infectado de impétigo seborreico y purulento. Y, por consiguiente, el mismo pelo, aquel pelo largo y negro que tan fácilmente hubiese podido tragarme de haber estado menos alerta, rebosaba de millones y millones de amorosas bacterias patógenas, cuyo nombre científico exacto felizmente he olvidado.

Se preguntarán ustedes si puedo tener la certeza absoluta de que el cocinero padecía impétigo seborreico y purulento. Pues, no, no puedo estar absolutamente seguro. Pero, si no padecía esa enfermedad, seguro que padecía tina. ¿Y qué significaba eso? De sobras sabía yo lo que significaba. Significaba que diez millones de micros-poros se aferraban y arracimaban alrededor de aquel pelo horrible, esperando el momento de meterse dentro de mi boca.

Empecé a sentir náuseas.

—El agua ya hierve —dijo el tendero con aire triunfante.

—Pues que siga hirviendo —le dije—. Dele ocho minutos más. ¿Qué es lo que pretende que pille... el tifus?

Personalmente, nunca bebo agua sola si puedo evitarlo, por muy pura que sea. El agua sola no tiene absolutamente ningún sabor. La bebo, por supuesto, en forma de té o café, pero incluso en tales casos procuro que el té o el café se preparen con agua de Vichy o Malvern embotellada. Evito el agua del grifo. El agua del grifo es una cosa diabólica. A menudo no es ni más ni menos que aguas de albañal regeneradas.

—Pronto esta agua se evaporará —dijo el propietario, sonriéndome con sus dientes verdes.

Levanté la marmita yo mismo y vertí su contenido dentro de mi lata.

De vuelta en la tienda, compré seis naranjas, una sandía pequeña y una tableta de chocolate inglés bien envuelto. Luego regresé al Lagonda. Por fin emprendí el viaje.

Al cabo de unos minutos ya había cruzado el puente corredizo tendido sobre el Canal de Suez a poca distancia del lago Timsah, y ante mí se extendían el desierto llano y abrasador y la pequeña carretera asfaltada que parecía una cinta negra tendida hasta el horizonte. Puse el Lagonda a sus acostumbrados cien kilómetros por hora y abrí las ventanillas. El aire que entró por ellas era como el aliento de un horno. Era casi mediodía y el sol lanzaba su calor directamente sobre el tejadillo del coche. El termómetro que llevaba dentro registraba cuarenta grados. Pero, como ustedes saben, un poquito de calor nunca me molesta, siempre y cuando me encuentre sentado, sin hacer nada, y lleve ropas adecuadas, que, en este caso, consistían en unos pantalones de

24

lino color crema, una camisa blanca y una corbata de seda de araña de un precioso color verde musgo. Me sentía perfectamente cómodo y en paz con el mundo.

Durante uno o dos minutos acaricié la idea de interpretar otra ópera durante el viaje –tenía ganas de oír *La Gioconda*–, pero, tras cantar unos cuantos compases del primer coro, empecé a transpirar ligeramente, de modo que bajé el telón y, en vez de seguir cantando, encendí un cigarrillo.

En aquel momento pasaba por una de las regiones del mundo más ricas en escorpiones y ansiaba detenerme para buscar unos cuantos ejemplares antes de llegar a la gasolinera de B'ir Rawd Salim. Hasta el momento no me había cruzado con ningún vehículo ni visto ningún ser viviente desde que saliera de Ismailia una hora antes. Esto me había puesto de buen humor. El Sinaí era un desierto auténtico. Desvié el automóvil hacia un lado de la carretera y paré el motor. Luego me puse el salacof blanco sobre la cabeza y lentamente salí del coche, de mi cómoda cáscara de cangrejo ermitaño, y me coloqué bajo la luz del sol. Durante todo un minuto permanecí inmóvil en mitad de la carretera, parpadeando a causa del brillo de cuanto me rodeaba.

Había un sol llameante, un cielo vasto y caluroso y, debajo de todo ello, por todos lados, un gran mar pálido de arena amarilla que no acababa de pertenecer a este mundo. A lo lejos, hacia el sur de la carretera, se divisaban montañas peladas, marrón pálido, color tanagra, levemente teñidas de azul y púrpura, surgiendo súbitamente del desierto y difuminándose en la neblina caliginosa. La quietud era abrumadora. No se oía ningún sonido, ninguna voz de pájaro o insecto, y experimenté una extraña sensación, como si fuera un dios, al encontrarme allí solo, en mitad de un paisaje tan espléndido, caluroso e inhumano, como si estuviese en otro planeta, en Júpiter o Marte, o en algún lugar todavía más lejano y desolado, donde la hierba nunca creciera ni las nubes se tiñesen de rojo.

25

Abrí el portaequipajes del coche y saqué mi caja de matar, mi red y mi palustre. Luego, salí de la carretera y eché a andar por la arena fina y ardiente. Anduve despacio hasta internarme unos cien metros en el desierto, escudriñando el suelo con los ojos. No buscaba escorpiones sino guaridas de escorpión. El escorpión es una criatura criptozoica y nocturna, que se pasa todo el día escondido debajo de una piedra o en una madriguera, según cuál sea su tipo. Solamente después de ponerse el sol sale en busca de comida.

El que yo buscaba, el opistoftalmo, era de los de madriguera, de modo que no perdí el tiempo mirando debajo de las piedras y me dediqué exclusivamente a buscar madrigueras. Al cabo de diez o quince minutos aún no había encontrado ninguna, pero el calor ya empezaba a resultarme excesivo y de mala gana decidí volver al coche. Regresé muy despacio, sin dejar de escudriñar el suelo, y al llegar a la carretera, cuando me hallaba a punto de pisarla, a no más de treinta centímetros del borde del asfalto, mis ojos se posaron en una madriguera de escorpión.

Dejé la caja de matar y la red en el suelo. Luego, utilizando el palustre, me puse a escarbar cautelosamente la arena que rodeaba el agujero. Esta operación nunca dejaba de excitarme. Era como buscar tesoros; una búsqueda de tesoros que comportaba un grado de peligro suficiente para alterar la sangre. Sentí que el corazón me palpitaba con fuerza mientras iba escarbando en la arena, cada vez más hondo.

Y de pronto... ¡allí estaba!

¡Cielos, qué cosa más enorme! Un gigantesco escorpión hembra, no un opistoftalmo, como pude ver inmediatamente, sino un pandinus, el otro tipo de gran escorpión africano que vive en madrigueras. Y, aferrados a su lomo –¡demasiado bonito para ser verdad!–, cubriéndole todo el cuerpo, había uno, dos, tres, cuatro, cinco... ¡un total de catorce pequeñuelos! ¡La madre medía cuando menos quince centímetros de longitud! Los pequeños tenían más o menos el tamaño de las balas de un revólver de calibre pequeño. La madre ya me había visto, el primer ser humano que veía en su vida, y tenía las pinzas muy abiertas, la cola curvada muy por encima del lomo, como un signo de interrogación, dispuesta a atacar. Cogí la red, la metí rápidamente debajo del animal y la alcé en el aire. El escorpión empezó a moverse frenéticamente, golpeando furiosamente en todas direcciones con el extremo de la cola. Vi que una sola gota grande de veneno atravesaba la red y caía sobre la arena. Rápidamente trasladé el animal, junto con sus retoños, a la caja de matar y cerré ésta. Luego fui a buscar el éter que llevaba en el coche y vertí un poco a través del pequeño agujero cubierto de gasa que había en la tapa de la caja, hasta dejar bien empapada la almohadilla del interior.

¡Qué espléndido ejemplar para mi colección! Los pequeños, huelga decirlo, se desprenderían al morir, pero yo los volvería a pegar con cola más o menos en las mismas posiciones que ocuparan antes; y entonces sería el orgulloso propietario de un enorme pandinus hembra con sus catorce retoños sobre el lomo. Me sentía satisfechísimo. Levanté la caja de matar (pude sentir los golpes furiosos que el bicho descargaba en su interior) y la coloqué en el portaequipajes, junto con la red y el palustre.

Luego volví a ocupar mi asiento en el automóvil, encendí un cigarrillo y proseguí el viaje.

Cuanto más contento estoy, más despacio conduzco. Conduje lentamente y debí de tardar más de una hora en llegar a B'ir Rawd Salim, la gasolinera situada a medio camino. El lugar resultaba muy poco seductor. A la izquierda había un único surtidor de gasolina y una barraca de madera. A la derecha había tres barracas más, cada una de las cuales tendría aproximadamente el tamaño de un cobertizo de jardinero. Todo lo demás era desierto. No se veía ni un alma. Faltaban veinte minutos para las dos de la tarde y dentro del coche la temperatura era de cuarenta grados.

A causa de la tontería de haber ordenado que me hirviesen el agua antes de salir de Ismailia, se me había olvidado por completo llenar el depósito de gasolina y el indicador señalaba ahora que quedaban sólo ocho litros. Mis cálculos habían resultado bastante buenos, aunque eso no viene ahora al caso. Detuve el automóvil junto al surtidor y esperé. No apareció nadie. Apreté el botón correspondiente y las cuatro bocinas armonizadas del Lagonda gritaron su maravilloso *«Son gia mille e tre!»* por todo el desierto. Nadie hizo acto de presencia. Volví a pulsar el botón.

cantaron las bocinas. La frase de Mozart sonó magníficamente en aquellos alrededores. Pero siguió sin aparecer nadie. A los habitantes de B'ir Rawd Salim les importaban un comino mi amigo don Giovanni y las mil tres mujeres que desflorara en España.

Finalmente, cuando ya había hecho sonar las bocinas seis veces como mínimo, se abrió la puerta de la barraca situada detrás del surtidor de gasolina y un hombre bastante alto asomó por ella y se quedó de pie en el umbral, abrochándose los botones con ambas manos. Se tomó su tiempo para ello y no dirigió la vista hacia el Lagonda hasta que se los hubo abrochado todos. Le devolví la mirada a través de la ventanilla abierta. Vi que daba el primer paso en mi dirección... lo dio muy, muy despacio... Luego dio un segundo paso.

«¡Dios mío! –pensé en seguida–. ¡Las espiroquetas han podido con él!»

Tenía los andares lentos, tambaleantes, el porte desmañado y nervioso del hombre que padece ataxia locomotriz. A cada paso que daba, el pie delantero se alzaba en el aire, muy arriba, y caía violentamente sobre el suelo, como si estuviese pisoteando algún insecto peligroso.

Pensé: «Será mejor que me largue de aquí. Será mejor que ponga el motor en marcha y salga pitando antes de que me dé alcance». Pero sabía que no podía hacerlo. *Necesitaba* gasolina. Permanecí sentado en el coche, contemplando aquella criatura espantosa que se acercaba aplastando laboriosamente la arena como un martillo-pilón. Debía de padecer la repugnante enfermedad desde hacía años y años, puesto que, de no ser así, no se le habría desarrollado hasta convertirse en ataxis. *Tabes dorsalis,* la llaman en los círculos profesionales y, desde el punto de vista patológico, significa que la víctima padece una degeneración de las columnas posteriores de la médula espinal. Mas, ah mis enemigos y oh mis amigos, en realidad es mucho peor que eso; es una consunción lenta y despiadada de las fibras nerviosas del cuerpo por parte de las toxinas sifilíticas.

El hombre –el «árabe», le llamaré– llegó hasta la portezuela junto a la que me encontraba y miró hacia adentro a través de la ventanilla. Me aparté de él, rogando que no se me acercase ni un centímetro más. Sin duda era uno de los seres humanos más infortunados que había visto en mi vida. Su rostro tenía el aspecto erosionado, comido, de una vieja talla de madera cuando ha sido pasto de la carcoma y, al verlo, me pregunté cuántas enfermedades padecería aparte de la sífilis.

–Salaam –musitó.

–Llene el depósito –le dije.

No se movió. Siguió inspeccionando el interior del Lagonda con gran interés. De su cuerpo se desprendía un terrible hedor feculento.

–¡Vamos! –dije secamente–. ¡Quiero gasolina!

Me miró y sonrió. Fue más una mueca malévola que una sonrisa, una mueca insolente, burlona, que parecía decir «¡Soy el rey del surtidor de gasolina de B'ir Rawd Salim! ¡Tóqueme, si se atreve!» Una mosca acababa de posarse en el rabillo de uno de sus ojos. No hizo nada por ahuyentarla de allí.

—¿Querer gasolina? —dijo, provocándome.

Sentí ganas de llenarlo de improperios, pero me contuve a tiempo y contesté cortésmente:

—Sí, por favor, le estaría muy agradecido.

Me miró astutamente unos segundos, para asegurarse de que no me burlaba de él, y luego asintió con la cabeza como si mi comportamiento le pareciera satisfactorio. Dio media vuelta y empezó a andar despacio hacia la parte posterior del coche. Saqué mi botella de Glenmorangie de la bolsa de la portezuela, me serví un vaso bien colmado y me puse a beberlo a sorbitos. La cara de aquel hombre había estado a menos de un metro de la mía y su aliento fétido llenaba el interior del Lagonda. ¿Quién sabía cuántos billones de virus poblarían ahora el aire del interior? En ocasiones semejantes, es buena cosa esterilizar la boca y la garganta con una gota de whisky escocés. El whisky también es un solaz. Apuré el vaso y volví a llenarlo. Pronto comencé a sentirme menos alarmado. Me fijé en la sandía depositada en el asiento, a mi lado, y decidí que una buena tajada me refrescaría. Desenfundé el cuchillo y corté un pedazo grueso. Luego, utilizando la punta del cuchillo, extraje cuidadosamente todas las pepitas negras y las deposité en el resto de la sandía.

Permanecí sentado bebiéndome el whisky y comiendo sandía. Ambos estaban deliciosos.

—Gasolina acabada —dijo el horrible árabe, apareciendo nuevamente junto a la ventanilla—. Ahora comprobar agua y aceite.

Hubiese preferido que no tocase el Lagonda con las manos, pero, antes que enzarzarme en una posible discusión, opté por no decir nada. El hombre echó a andar torpemente hacia la parte delantera del coche y su modo de caminar me recordó el de un nazi borracho marcando el paso de la oca a cámara lenta, muy lenta.

«*Tabes dorsalis*», como que vivo y respiro.

La única otra enfermedad que hace andar de aquella manera es el beriberi crónico. Bueno, probablemente también la padecía. Corté otra tajada de sandía y durante uno o dos minutos me concentré en extraer las pepitas con el cuchillo. Cuando volví a levantar los ojos, vi que el árabe había alzado el capó por la derecha y se hallaba inclinado sobre el motor. Desde mi posición no podía verle la cabeza, los hombros y los brazos. ¿Qué diablos estaría haciendo? La varilla para comprobar el nivel del aceite estaba en el otro lado. Golpeé el parabrisas con los nudillos. El árabe no pareció oírme. Asomé la cabeza por la ventanilla y grité:

—¡Eh! ¡Salga de ahí!

Poco a poco fue irguiéndose y, al sacar el brazo derecho de las entrañas del motor, vi que entre sus dedos sostenía algo largo, negro, enroscado y muy delgado.

«¡Santo Dios! —pensé—. ¡Ha encontrado una serpiente ahí dentro!»

El árabe volvió a acercarse a la ventanilla, sonriéndome y alargando la mano para que pudiera ver el objeto: y sólo entonces, al verlo más cerca, me di cuenta de que no era una serpiente, ni mucho menos... *¡Era la correa del ventilador de mi Lagonda!*

De pronto, todas las horrorosas consecuencias de verme inmovilizado en aquel lugar horrible en compañía de aquel hombre repugnante cruzaron por mi mente, mientras miraba fijamente los pedazos de la correa del ventilador.

—¿Lo ve? —dijo el árabe—. Colgaba sólo de un hilo. Suerte que me he dado cuenta.

Le cogí la correa de las manos y la examiné atentamente.

—¡Usted la ha cortado! —exclamé.

—¿Cortarla? —dijo en voz baja—. ¿Por qué iba a cortarla?

Para ser del todo sincero, me era imposible juzgar si la había cortado o no. En caso afirmativo, también se había tomado la molestia de deshilachar los bordes del corte para que pareciese una rotura normal. Aun así, me dije que sí la había cortado él y, si mi suposición era cierta, las consecuencias resultaban más siniestras que nunca.

–Supongo que sabrá que no puedo seguir sin correa del ventilador, ¿verdad? –dije.

Volvió a sonreír con aquella boca mutilada, espantosa, mostrándome las encías llagadas.

–Si se marcha ahora –dijo–, el motor le hervirá dentro de tres minutos.

–Si es así, ¿qué me sugiere que haga?

–Le conseguiré otra correa de ventilador.

–¿De veras?

–Desde luego. Aquí hay teléfono y, si usted paga la llamada, llamaré a Ismailia. Y si en Ismailia no tienen ninguna, llamaré a El Cairo. No hay problema.

–¡Que no hay problema! –grité, apeándome del coche–. ¿Y cuándo, si puede saberse, cree que llegará la correa a este horrible agujero?

–Cada mañana llega una camioneta correo, alrededor de las diez. La recibiría mañana.

«Este cerdo –pensé– ya ha cortado correas antes de hoy.»

Me había puesto alerta y le vigilaba atentamente.

–En Ismailia no tendrán una correa para un coche de esta marca –dije–. Tendría que llegar de los agentes de El Cairo. Yo mismo les telefonearé –el hecho de que hubiera teléfono era un consuelo. Los postes del teléfono bordeaban la carretera a través de todo el desierto y pude ver dos alambres que conectaban el interior de la barraca con el poste más cercano–. Les pediré a los agentes de El Cairo que vengan inmediatamente aquí en un vehículo especial –dije.

El árabe dirigió la mirada hacia la carretera de El Cairo, que distaba unos trescientos veinte kilómetros.

–¿Quién va a conducir durante seis horas para venir aquí

y otras seis para volver a El Cairo y todo por una correa de ventilador? –dijo el árabe–. El correo será igual de rápido.

–Enséñeme el teléfono –dije, echando a andar hacia la barraca. Entonces tuve un pensamiento desagradable y me detuve. ¿Cómo podía utilizar el instrumento contaminado de aquel hombre? El auricular tendría que apretarlo contra mi oreja y era casi seguro que el micrófono rozaría mi boca. Y me importaba un bledo que los médicos dijesen que es imposible contraer la sífilis mediante un contacto remoto. Un micrófono sifilítico era un micrófono sifilítico y nadie iba a pescarme a *mí* acercándolo a *mis* labios, no, muchas gracias. No tenía la menor intención siquiera de entrar en la barraca.

Me quedé de pie bajo el calor sofocante de la tarde y miré al árabe con su horrible cara enferma y el árabe me devolvió la mirada, tan fresco e imperturbable como pudiera desearse.

–¿Quiere el teléfono? –preguntó.

–No –dije–. ¿Sabe leer inglés?

–Oh, sí.

–Muy bien. Le escribiré el nombre de los agentes y el nombre de este coche y también el mío propio. Allí me conocen. Usted les dirá lo que se necesita. Y escúcheme... dígales que envíen un coche especial inmediatamente a costa mía. Les pagaré bien. Y, si no quieren hacer eso, dígales que *tienen* que enviar la correa de ventilador a Ismailia a tiempo para coger la camioneta del correo. ¿Entendido?

–No hay problema –dijo el árabe.

Así, pues, escribí todo lo necesario en un papel y se lo di al árabe. Se alejó con su peculiar manera de andar y entró en la barraca. Cerré el capó del coche y luego volví a sentarme tras el volante con el propósito de poner en orden mis ideas.

Me serví otro whisky y encendí un cigarrillo. Tenía que haber *algo* de tráfico en aquella carretera. Seguramente pasaría alguien por allí antes de que cayera la noche. Pero ¿me serviría de ayuda?

No... a menos que yo estuviera dispuesto a pedir que me llevasen y a dejar el Lagonda y todo el equipaje detrás de mí, bajo los tiernos cuidados del árabe. ¿Estaba dispuesto a hacer eso? No lo sabía. Probablemente sí. Pero si me veía obligado a pasar la noche en la gasolinera, me encerraría en el coche y trataría de permanecer despierto todo el rato posible. Bajo ningún concepto entraría en la barraca donde vivía aquella criatura. Ni tocaría su comida. Tenía whisky y agua, así como la mitad de la sandía y una tableta de chocolate. Provisiones suficientes.

El calor era insoportable. El termómetro del coche seguía registrando unos cuarenta grados. Hacía más calor fuera, bajo el sol. Transpiraba abundantemente. ¡Dios mío, en qué lugar me veía encallado! ¡Y con qué compañero!

Transcurridos alrededor de quince minutos, el árabe salió de la barraca. Le estuve contemplando hasta que llegó junto al Lagonda.

–He hablado con el garaje de El Cairo –dijo, metiendo la cabeza por la ventanilla–. La correa del ventilador llegará mañana en la camioneta del correo. Todo está resuelto.

–¿Les ha pedido que la envíen inmediatamente?

–Dicen que es imposible –contestó.

–¿Está seguro de que se lo ha pedido?

El árabe ladeó la cabeza y me dedicó una de sus sonrisas astutas e insolentes. Volví la cara y esperé a que se marchase. Se quedó donde estaba.

–Tenemos una casa para las visitas –dijo–. Puede dormir muy bien en ella. Mi esposa preparará comida, pero usted tendrá que pagar.

–¿Quién más hay aquí aparte de usted y su esposa?

–Otro hombre –dijo.

Movió un brazo indicando las tres barracas que había al otro lado de la carretera y, al volverme hacia allí, vi que había un hombre en el umbral de la barraca de en medio, un hombre bajo y rechoncho que vestía unos sucios pantalones y camisa de color caqui. El hombre se hallaba completamente inmóvil a la sombra del umbral, con los brazos colgándole a los costados. Me estaba mirando.

—¿Quién es? —dije.

—Saleh.

—¿Qué hace?

—Ayuda.

—Dormiré en el coche —dije—. Y no hará falta que su esposa prepare algo de comer. Tengo mis propias provisiones.

El árabe se encogió de hombros, giró sobre sus talones y echó a andar hacia la barraca donde estaba el teléfono. Me quedé en el automóvil. ¿Qué otra cosa podía hacer? Eran solamente las dos y media. Dentro de tres o cuatro horas empezaría a refrescar un poco. Entonces podría dar un paseo y tal vez cazar unos cuantos escorpiones. Mientras tanto, tenía que aceptar las cosas tal como eran. Alargué la mano hacia la parte posterior del coche, donde llevaba mi caja de libros y, sin mirar, cogí el primero que encontré. La caja contenía treinta o cuarenta de los mejores libros del mundo y todos ellos podían releerse un centenar de veces y a cada lectura resultaban mejores. Daba lo mismo sacar uno que otro. El que acababa de coger resultó ser *La historia natural de Selborne*. Lo abrí al azar...

«...Teníamos en este pueblo, hace más de veinte años, un tonto, al que recuerdo muy bien, que, desde niño, mostró una fuerte propensión hacia las abejas; eran su alimento, su diversión, su único objeto. Y, como la gente de esta naturaleza raras veces tiene más de un punto de vista, también el muchacho ejercía sus escasas facultades en esta ocupación única. En invierno pasaba el tiempo dormitando, en casa de su padre, al lado de la chimenea, sumido en una especie de letargo, apartándose raramente del rincón de la chimenea; pero en verano estaba siempre alerta y practicando su juego en los campos y en las orillas soleadas. Abejas melíferas, moscardones, avispas se convertían en su presa dondequiera que las encontrase; no le daban miedo sus aguijones, sino que las apresaba *nudis manibus* y al instante las privaba de sus armas y chupaba sus cuerpos para comerse su saco melífero. A veces se llenaba el pecho, entre la camisa y la piel, con cierto número de tales cautivos y, a veces, los encerraba en botellas. Era como un *merops apiaster,* o pájaro de las abejas, los enemigos acérrimos de los apicultores, dado que se colaba entre sus panales y, sentándose ante ellos, golpeaba las colmenas con los nudillos y capturaba a las abejas a medida que iban saliendo. Se sabe que, a veces, ha derribado colmenas para apoderarse de la miel, por la que siente verdadera pasión. Allí donde fabricasen aguamiel fermentada merodeaba alrededor de las tinas y recipientes y suplicaba que le permitiesen beber un trago de lo que él llamaba vino de abejas. Cuando corría de un lado para otro solía emitir una especie de zumbido con los labios que se parecía al zumbido de las abejas...»

Aparté los ojos del libro y miré a mi alrededor. El hombre inmóvil del otro lado de la carretera había desaparecido. No había nadie a la vista. El silencio era sobrenatural y la quietud, la tremenda quietud y la desolación de aquel lugar, resultaba opresiva. Sabía que me estaban vigilando. Sabía que cada uno de mis movimientos, aun los más insignificantes, cada sorbo de whisky, cada chupada que daba al cigarrillo, eran observados cuidadosamente. Detesto la violencia y nunca llevo armas. Pero en aquel momento me habría gustado tener una a mano. Durante un rato acaricié la idea de poner el motor en marcha y alejarme por la carretera hasta que el motor hirviera a rebosar. ¿Pero hasta dónde llegaría? No muy lejos con aquel calor y sin ventilador. Tal vez un kilómetro, dos a lo sumo...

No... al diablo con ello. Me quedaría donde estaba y leería mi libro.

Debía de haber transcurrido una hora cuando observé una motita negra que se acercaba por la carretera, muy lejos todavía de donde yo estaba, viniendo de la dirección de Jerusalén. Dejé el libro sobre el asiento sin quitar los ojos de la motita. Vi cómo iba haciéndose más y más grande. Viajaba a gran velocidad, a una velocidad verdaderamente asombrosa. Me apeé del Lagonda, corrí hasta la vera de la carretera y me quedé allí, dispuesto a hacer una señal al conductor para que se detuviese.

Iba acercándose más y más y cuando estuvo a cosa de un cuarto de kilómetro empezó a aminorar la marcha. De pronto me fijé en la forma del radiador. ¡Era un *Rolls-Royce!* Levanté un brazo y lo mantuve en alto y el cochazo verde, a cuyo volante iba un hombre, se detuvo al lado de mi Lagonda.

Me sentía absurdamente eufórico. De haberse tratado de un Ford o un Morris, me habría alegrado bastante, pero sin llegar a la euforia. El hecho de que se tratara de un Rolls –un Bentley habría surtido el mismo efecto,, o un Isotta, u otro Lagonda– era una garantía virtual de que iba a recibir toda la ayuda que necesitase; porque, sépanlo o no ustedes, existe un poderoso sentimiento de hermandad entre las personas poseedoras de automóviles muy costosos. Se respetan unas a otras automáticamente y la razón de tal respeto consiste sencillamente en que la riqueza respeta a la riqueza. A decir verdad, no hay nadie en el mundo a quien una persona muy rica respete más que a otra persona muy rica y, debido a ello, estas personas, como es natural, se buscan mutuamente adondequiera que vayan. Entre ellas se utilizan muchas clases de señales de reconocimiento. Entre las hembras la ostentación de grandes joyas es, tal vez, la más común; pero el automóvil costoso también es una señal favorita y la utilizan ambos sexos. Es una pancarta itinerante, una declaración pública de opulencia y, como tal, es también el carnet de socio de esa excelente sociedad oficiosa llamada la Unión de Personas Muy Ricas. Yo mismo soy socio de solera de dicha sociedad y me encanta serlo. Cuando me encuentro con otro socio, como iba a suceder dentro de unos instantes, siento una compenetración inmediata. Le respeto. Hablamos la misma lengua. Él es uno de *los nuestros*. Por consiguiente, tenía buenos motivos para sentirme eufórico.

El conductor del Rolls echó pie a tierra y se me acercó. Era un hombre bajito y moreno, de piel aceitunada, y llevaba un inmaculado traje de lino blanco. Me dije que probablemente era sirio. O tal vez fuese griego. Pese al calor de aquel día, parecía tan fresco como era posible parecer.

—Buenas tardes —dijo—. ¿Tiene algún problema?

Le devolví el saludo y luego, palabra por palabra, fui contándole todo cuanto me había sucedido.

—Mi querido amigo —dijo en perfecto inglés—, pero mi querido amigo, ¡qué contratiempo! ¡Qué suerte más abominable! Este no es lugar donde quedarse encallado.

—¿Verdad que no?

—¿Y dice que le han pedido una nueva correa para el ventilador?

—Así es —contesté—, si es que puedo fiarme del propietario de este establecimiento.

El árabe, que había salido de su barraca casi antes de que el Rolls se detuviese, se nos había unido y el recién llegado procedió a interrogarle rápidamente en árabe acerca de los pasos que había dado por mi cuenta. Me pareció que los dos se conocían bastante bien y saltaba a la vista que el hombre del Rolls inspiraba un gran respeto al otro árabe, que prácticamente se arrastraba ante él.

—Bien... parece que todo se ha hecho bien —dijo por fin el desconocido—. Pero es obvio que no podrá marcharse de aquí hasta mañana por la mañana. ¿Hacia dónde se dirigía?

—A Jerusalén —dije—. Y no me hace gracia la idea de pasar la noche en este lugar infernal.

—Lo comprendo, mi querido amigo. Sería de lo más incómodo.

Me sonrió y, al hacerlo, puso al descubierto unos dientes excepcionalmente blancos. Luego sacó una pitillera y me ofreció un cigarrillo. La pitillera era de oro y por su parte exterior tenía una línea delgada de jade verde que iba en diagonal de una esquina a otra. Era un objeto bellísimo. Acepté el cigarrillo. El hombre me lo encendió y después encendió el suyo.

El desconocido dio una larga chupada al cigarrillo e inhaló el humo profundamente. Después ladeó la cabeza y expulsó el humo hacia el sol.

—Ambos pillaremos una insolación si nos quedamos mucho rato aquí —dijo—. ¿Me permite que le haga una sugerencia?

—Desde luego.

—Espero que, viniendo de un desconocido total, no le parezca presuntuoso...

—Por favor...

—No puede usted quedarse aquí, de modo que le sugiero que vuelva y pase esta noche en mi casa.

¡Lo que dije antes! El Rolls-Royce le estaba sonriendo al Lagonda, sonriéndole como jamás le hubiera sonreído a un Ford o a un Morris.

—¿Quiere decir en Ismailia? —dije.

—No, no —contestó, echándose a reír—. Vivo a la vuelta de la esquina, allí mismo.

Agitó una mano hacia el lugar por donde había venido.

—Pero, usted iba camino de Ismailia, ¿no es así? No quisiera que por mi culpa tuviera que cambiar sus planes.

—No iba a Ismailia, se lo aseguro —dijo—. Venía a recoger el correo. Mi casa... y puede que esto le sorprenda... está bastante cerca de donde nos encontramos ahora. ¿Ve aquel monte? Es el Maghara. Estoy inmediatamente detrás.

Miré hacia el monte. Se encontraba a unos dieciséis kilómetros hacia el norte, un bulto amarillo y rocoso, quizá de unos seiscientos metros de altura.

—¿De veras quiere decir que tiene una casa en medio de todo esto... de este yermo? —pregunté.

—¿No me cree? —dijo, sonriendo.

–Claro que le creo –repuse–. Ya nada me sorprende. Excepto, tal vez –y al decir esto le devolví la sonrisa–, excepto cuando me encuentro con un desconocido en mitad del desierto y él me trata como a un hermano. Me siento abrumado por su ofrecimiento.

–Tonterías, mi querido amigo. Mis motivos son totalmente egoístas. La compañía civilizada no es fácil de encontrar por estos pagos. Me emociona la idea de tener un huésped a cenar. Permítame que me presente... Abdul Aziz.

Hizo una leve reverencia.

–Oswald Cornelius –dije–. Mucho gusto.

Nos estrechamos la mano.

–Vivo parte del año en Beirut –dijo.

–Yo vivo en París.

–Encantador. Y ahora... ¿nos vamos? ¿Está preparado?

–Pero mi coche –dije–. ¿Estará seguro si lo dejo aquí?

–No tema por eso. Ornar es amigo mío. No tiene muy buen aspecto, pobre diablo, pero no le gastará ninguna jugarreta si usted está conmigo. Y el otro hombre, Saleh, es un buen mecánico. Le instalará la correa nueva cuando llegue mañana. Así se lo diré ahora mismo.

Saleh, el hombre que vivía al otro lado de la carretera, se nos había acercado mientras hablábamos. Míster Aziz le dio instrucciones. Luego habló con ambos hombres acerca de vigilar el Lagonda. Se mostró breve e incisivo. Ornar y Saleh no paraban de hacer reverencias. Me acerqué al Lagonda para coger una maleta. Necesitaba cambiarme de ropa cuanto antes.

–Oh, a propósito –dijo míster Aziz desde lejos–. Suelo ponerme corbata negra para cenar.

–Desde luego –musité, apresurándome a guardar la maleta que había elegido y a coger otra en su lugar.

–Más que nada lo hago por las damas. Al parecer, les gusta vestirse para la cena.

Me volví rápidamente y le miré, pero ya estaba subiendo a su coche.

–¿Listo? –dijo.

Cogí la maleta y la coloqué en la parte posterior del Rolls. Luego me senté a su lado y nos pusimos en marcha.

Durante el viaje hablamos despreocupadamente de cosas sin importancia. Me dijo que se dedicaba al negocio de alfombras. Tenía oficinas en Beirut y Damasco. Sus antepasados, según me dijo, llevaban muchos siglos en el negocio.

Le dije que tenía una alfombra de Damasco del siglo XVII en el suelo de mi alcoba de París.

–¡No puede ser! –exclamó, y estuvo a punto de salirse de la carretera a causa de la excitación–. ¿Es de seda y lana, con la urdimbre totalmente de seda? ¿Y tiene un fondo de hilos de oro y plata?

–Sí –dije–. Exactamente.

–¡Pero mi querido amigo! ¡Una cosa como ésa no debe ponerla en el suelo!

–Sólo la tocan pies desnudos –dije.

Eso le complació. Al parecer, amaba las alfombras tanto como yo amaba los jarrones azules del período Chin Hua.

Al poco dejamos la superficie alquitranada de la carretera y cogimos una calzada empedrada que cruzaba el desierto directamente hacia la montaña.

–Esta es mi calzada particular –dijo míster Aziz–. Tiene ocho kilómetros de longitud.

–Incluso tiene teléfono –dije, observando los postes que bordeaban la calzada particular.

Y, de pronto, un pensamiento extraño acudió a mi mente.

El árabe de la gasolinera... también él tenía teléfono.

¿No sería ésta, pues, la explicación de la llegada fortuita de míster Aziz?

¿Era posible que mi solitario anfitrión hubiese inventado un modo de desviar viajeros con el fin de proporcionarse lo que él denominaba «compañía civilizada» para la cena? ¿Habría dado instrucciones permanentes a los árabes en el sentido de que inmovilizaran los coches de todas las personas idóneas que pasasen por allí? «Bastará con que cortes la correa del ventilador, Ornar. Luego me telefoneas en seguida. Pero asegúrate de que se trate de un individuo de aspecto decente y que viaje en un buen coche. Luego me dejaré caer por aquí y veré si vale la pena invitarle a casa...»

Era ridículo, por supuesto.

—Me parece —decía mi compañero— que se está preguntando por qué diablos elegiría este sitio para tener una casa.

—Pues, sí. Me intriga un poco.

—Como a todo el mundo —dijo.

—*A todo el mundo* —dije.

—Sí —dijo.

«Vaya, vaya —pensé—. A todo el mundo».

—Vivo aquí —dijo— porque tengo una afinidad peculiar con el desierto. Me siento atraído hacia él del mismo modo que el marino se siente atraído hacia el mar. ¿Tan extraño le parece eso?

—No —contesté—, no me parece ni pizca de extraño.

Hizo una pausa y dio una chupada a su cigarrillo. Luego dijo:

—Esa es una razón. Pero hay otra. ¿Es usted hombre casero, míster Cornelius?

—Por desgracia, no —contesté cautelosamente.

—Yo sí —dijo—. Tengo esposa y una hija. Ambas son muy hermosas, al menos a mis ojos. Mi hija acaba de cumplir dieciocho años. Ha estado en un pensionado excelente de Inglaterra y ahora... —se encogió de hombros— y ahora no hace nada más que esperar a tener la edad suficiente para casarse. Pero este período de espera... ¿qué hace uno con una joven hermosa durante este período? No puedo dejarla suelta. Es demasiado deseable para soltarla. Cuando la llevo a Beirut veo cómo los hombres merodean a su alrededor como lobos esperando el momento de saltar sobre su presa. Casi me vuelvo loco al verlo. Yo lo sé todo acerca de los hombres, míster Cornelius. Sé cómo se portan. Es cierto, desde luego, que no soy el único padre que ha tenido este problema. Pero los otros, al parecer, son capaces de hacer frente al mismo y aceptarlo. No sé cómo, pero es así. Dejan ir a sus hijas. Sencillamente las dejan salir de casa y miran hacia otro lado. Yo no puedo hacer lo mismo. ¡Sencillamente no puedo! Me niego a que la maltrate cualquier Ahmed, Alí o Hamil que se presente. Y ésa, ¿sabe?, es la otra razón por la que vivo en el desierto: para proteger a mi encantadora pequeña durante unos años más de los ataques de las bestias feroces. ¿Y dice que no tiene ningún familiar, míster Cornelius?

–Me temo que así es.

–Oh –pareció decepcionado–. ¿Quiere decir que nunca se ha casado?

–Pues... no –dije–. Nunca me he casado.

Me quedé esperando la próxima e inevitable pregunta. Me la hizo al cabo de uno o dos minutos.

–¿Nunca ha *querido* casarse y tener hijos?

Esa pregunta la hacían todos. Era, sencillamente, otra forma de preguntar: «En tal caso, ¿es usted homosexual?»

–Una vez –dije–. Sólo una vez.

–¿Qué sucedió?

–Sólo ha habido una persona en mi vida, míster Aziz... y después de perderla... –suspiré.

–¿Quiere decir que murió?

Asentí con la cabeza, demasiado turbado para contestar.

–Mi querido amigo –dijo–. Oh, lo siento tanto. Perdóneme por entrometerme.

Durante un rato seguimos avanzando en silencio.

–Es asombroso –musité– cómo uno pierde todo interés por las cosas de la carne después de una cosa así. Supongo que se debe a la conmoción.

Movió la cabeza comprensivamente, tragándoselo todo.

–Así que ahora me paso la vida viajando de un lado a otro, tratando de olvidar. Llevo años así...

Acabábamos de llegar a los pies del monte Maghara y seguíamos la calzada que daba la vuelta a la montaña hacia el lado que no se veía desde la carretera... el lado norte.

–En cuanto doblemos la próxima curva, verá usted la casa –dijo míster Aziz.

Doblamos la curva... ¡y allí estaba! Parpadeé y me quedé mirando fijamente y les aseguro que durante los primeros segundos literalmente no podía dar crédito a mis ojos. ¡Vi ante mí un castillo blanco, en serio, un *castillo alto y blanco* con torreones y torres pequeñas, agujas por doquier, alzándose como un cuento de hadas en mitad de un retazo de vegetación verde en la ladera inferior de la montaña pelada, ardiente y amarilla! ¡Era fantástico! Parecía sacado directamente de un cuento de Hans Christian Andersen o de Grimm. En mis buenos tiempos había visto muchos castillos románticos de los valles del Rhin y del Loira, ¡pero nunca había visto nada tan bello, tan de cuento de hadas como aquello! Al acercarnos más, observé que el retazo de verdor consistía en un hermoso jardín de césped y palmeras datileras, rodeado en toda su extensión por un muro alto y blanco que dejaba fuera el desierto.

–¿Le parece bien? –preguntó mi anfitrión, sonriendo.

–¡Es fabuloso! –dije–. Parece como si todos los castillos de cuentos de hadas del mundo hubiesen sido unidos en uno solo.

–¡Eso es exactamente! –exclamó–. ¡Un castillo de cuento de hadas! Lo construí especialmente para mi hija, mi bella princesa.

Y la hermosa princesa se encuentra encarcelada entre sus muros por su estricto y celoso padre, el rey Abdul Aziz, que se niega a permitirle los placeres de la compañía masculina. ¡Mas, cuidado, que aquí llega el príncipe Oswald Cornelius para rescatarla! Sin saberlo el rey, Cornelias va a seducir a la princesa y a hacerla muy feliz.

—Tiene que reconocer que es diferente —dijo míster Aziz.

—Lo es, en efecto.

—También es bonito y privado. Aquí duermo muy apaciblemente. Y lo mismo la princesa. No es probable que algún joven desagradable escale el muro y penetre por *esas* ventanas durante la noche.

—Desde luego —dije.

—Antes era un oasis pequeño —prosiguió—. Se lo compré al gobierno. Tenemos agua abundante para la casa, la piscina y más de una hectárea de jardín.

Cruzamos la entrada principal y debo decir que fue maravilloso entrar súbitamente en un paraíso en miniatura hecho de césped verde, macizos de flores y palmeras datileras. Todo se encontraba en perfecto orden y los aspersores jugueteaban en el césped. Cuando nos detuvimos ante la puerta principal de la casa inmediatamente salieron a recibirnos dos criados vestidos con *gallabiyahs* inmaculadas y tocados con un fez escarlata que fueron a colocarse a ambos lados del coche para abrir las portezuelas.

¿*Dos* criados? Pero, ¿habrían salido ambos a no ser que estuvieran esperando a *dos* personas? Me pareció dudoso. Cada vez me parecía más acertada mi teoría de que me habían engañado para que tuviera que aceptar la invitación a cenar. Resultaba todo muy divertido.

Mi anfitrión me hizo pasar al vestíbulo y al instante experimenté esos deliciosos escalofríos que se sienten al pasar de un calor intenso a una habitación con aire acondicionado. El suelo del vestíbulo era de mármol verde. A mi derecha había un amplio pasaje abovedado que conducía a una habitación espaciosa y tuve una visión fugaz de paredes blancas y frescas, cuadros hermosos y muebles soberbios de estilo Luis XV. ¡Qué extraño encontrarse en semejante lugar en medio del desierto del Sinaí!

Y, en aquel momento, una mujer bajaba lentamente las escaleras. Mi anfitrión se había vuelto de espaldas para hablar con los criados y no la vio en seguida, de modo que, al llegar al último peldaño, la mujer se detuvo y apoyó su brazo desnudo, que parecía una anaconda blanca, sobre la barandilla y allí se quedó de pie, mirándome como si fuese la reina Semíramis en los escalones de Babilonia y yo fuese un candidato que podía, o no, ser de su gusto. Su pelo era negro azabache y tenía una figura que me impulsó a humedecerme los labios.

Al volverse y verla, míster Aziz dijo:

—Ah, estás ahí, querida. Te he traído un invitado. Ha tenido la mala suerte de que se le averiase el coche en la gasolinera, así que le he invitado a pasar la noche aquí. Míster Cornelius... mi esposa.

—¡Qué agradable sorpresa! —dijo ella, adelantándose.

Le cogí la mano y la acerqué a mis labios.

—Me siento abrumado por su amabilidad, *madame* —musité. En su mano había un perfume diabólico. Era un perfume casi exclusivamente animal. Las secreciones sutiles, sexuales, del cachalote, del almizclero y del castor se mezclaban en él, penetrantes y obscenas hasta lo indecible; dominaban la mezcla por completo y sólo permitían que la atravesaran fugazmente leves vaharadas de aceites vegetales limpios, limón, cayeputi y zeroli. ¡Era soberbio! Y otra cosa que llamó mi atención en aquel primer momento fugaz fue ésta: cuando le cogí la mano, ella no se limitó a depositarla nacidamente sobre mi palma, como hacían las demás mujeres, sino que colocó el pulgar *debajo* de mi mano, con los demás dedos encima. Y de esta manera pudo ejercer —y juro que así lo hizo— una leve pero sugestiva presión sobre mi mano mientras yo administraba a la misma el beso de rigor.

—¿Dónde está Diana? —preguntó míster Aziz.

—Está fuera, en la piscina —dijo la mujer. Y, volviéndose hacia mí, añadió—: ¿Le apetece nadar un poco, míster Cornelius? Debe de estar asado después de pasarse tanto rato en esa horrible gasolinera.

Tenía unos ojos grandes, aterciopelados, tan oscuros que casi eran negros y, al sonreírme, la punta de su nariz se movió hacia arriba, distendiendo los orificios.

En aquel preciso instante el príncipe Oswald Cornelius decidió que te importaba un comino la hermosa princesa a quien el rey celoso tenía cautiva en el castillo. En su lugar, embelesaría a la reina.

–Pues... –dije.

–Yo voy a nadar un poco –dijo míster Aziz.

–Vayamos todos a la piscina –dijo su esposa–. Le dejaremos un bañador.

Pregunté si antes podía subir a mi habitación y sacar de la maleta una camisa y unos pantalones limpios para ponérmelos después del baño y mi anfitriona dijo «Sí, desde luego» y ordenó a uno de los criados que me acompañase. Subimos dos tramos de escalones y entramos en una alcoba espaciosa de paredes blancas en la que había una cama de matrimonio excepcionalmente grande. A un lado había un cuarto de baño muy bien equipado, con una bañera color azul pálido y un bidet que hacía juego con ella. En todas partes, las cosas estaban escrupulosamente limpias y eran muy de mi gusto. Mientras el criado deshacía la maleta me asomé a la ventana y vi el desierto inmenso y abrasador que se extendía como un mar amarillo desde el horizonte hasta que chocaba con el muro blanco del jardín justo a mis pies y allí, dentro del muro, pude ver la piscina y, junto a ella, había una muchacha tumbada boca arriba a la sombra de un gran parasol color rosa. La muchacha llevaba un traje de baño blanco y estaba leyendo un libro. Tenía unas piernas largas y esbeltas y su pelo era negro. Era la princesa.

«¡Menudo tinglado! –pensé–. El castillo blanco, la comodidad, la limpieza, el aire acondicionado, las dos mujeres de belleza deslumbradora, el marido cancerbero ¡y toda una velada para desplegar mis artes!»

La situación estaba pensada de modo tan perfecto para mi entretenimiento que hubiese resultado imposible mejorarla. Los problemas que me esperaban resultaban atractivos. Las seducciones sencillas y directas ya no me divertían. No había nada artístico en ellas. Y les aseguro que, de haber podido agitar una varita mágica para que míster Abdul Aziz, el celoso cancerbero, desapareciese en la noche, no lo habría hecho. No me interesaban las victorias pírricas.

Cuando salí de mi alcoba, el criado me acompañó. Descendimos el primer tramo de escalones y luego, al llegar al descansillo del piso de abajo, me detuve y, como no dándole importancia, dije:

—¿Toda la familia duerme en este piso?

—Oh, sí —dijo el criado—. Esa es la habitación del amo —señaló una puerta— y la de al lado es la de mistress Aziz. Miss Diana ocupa la de enfrente.

Tres habitaciones separadas. Todas muy juntas. Virtualmente inexpugnables. Archivé la información en mi mente y me dirigí a la piscina. Mis anfitriones ya estaban allí cuando llegué.

—Esta es mi hija Diana —dijo mi anfitrión.

La muchacha del bañador blanco se puso en pie y le besé la mano.

—¿Qué tal, míster Cornelius? —dijo.

Usaba el mismo perfume fuerte y animal que su madre: ¡Ámbar gris, almizcle y castor! ¡Qué aroma despedía!... ¡malicioso, descarado y maravilloso! Lo husmeé como un perro. Me pareció aún más hermosa que su madre, si ello era posible. Tenía los mismos ojos grandes y aterciopelados, el mismo pelo negro y el rostro de la misma forma; pero sus piernas eran indiscutiblemente más largas y en su cuerpo había algo que le daba cierta superioridad sobre el de la mujer mayor: era más sinuoso, más serpentino y casi seguro que también más flexible. Pero la mujer mayor, que probablemente tendría treinta y siete años y no aparentaba más de veinticinco, tenía un brillo en los ojos con el que la hija no podía competir.

Hacía apenas un ratito que el príncipe Oswald había jurado que seduciría solamente a la reina y al infierno con la princesa. Pero ahora que había visto a la princesa en carne y hueso, no sabía a cuál de las dos preferir. Ambas, cada una a su manera propia, le ofrecía una promesa de delicias innumerables, la una inocente y ansiosa, la otra experta y voraz. La verdad de la cuestión era que le gustaría poseerlas a las dos: a la princesa como entremés y a la reina como plato principal.

—Elija usted mismo uno de los bañadores que encontrará en el vestuario, míster Cornelius —dijo mistress Aziz, de manera que entré en el vestuario y me cambié y, cuando salí de nuevo, los tres ya estaban chapoteando en la piscina. Me zambullí de cabeza y me reuní con ellos. El agua estaba tan fría que se me cortó la respiración.

—Ya me figuraba que se llevaría una sorpresa —dijo míster Aziz, echándose a reír—. Está refrigerada. La tenemos siempre a unos quince grados. Resulta más refrescante en este clima.

Más tarde, cuando el sol comenzó a descender en el cielo, nos sentamos con los bañadores mojados y un criado nos sirvió unos martinis helados y fue en aquel momento cuando, muy lentamente, con mucha cautela, empecé a seducir a las dos damas siguiendo mi propio sistema particular. Normalmente, cuando se me da libertad de acción, seducir a una mujer no me resulta especialmente difícil. Ese curioso pequeño talento que casualmente poseo —la habilidad de hipnotizar a una mujer con palabras— raramente me defrauda. No se hace sólo con palabras, por supuesto. Las palabras mismas, esas palabras inocuas y superficiales, las pronuncia únicamente la boca, mientras que el verdadero mensaje, la promesa indecente y excitante, sale de todas las extremidades y órganos del cuerpo y se transmite por medio de los ojos. Eso es todo lo que honradamente puedo decirles sobre cómo se hace. Lo importante es que funciona. Funciona como el polvo de cantárida. Creo que podría sentarme ante la esposa del Papa, suponiendo que la tuviera, y que al cabo de quince minutos, si yo me empeñase en ello, se inclinaría hacia mí sobre la mesa con los labios entreabiertos y los ojos vidriosos a causa del deseo. Es un talento de poca importancia, no un talento espectacular, pero, a pesar de ello, me siento agradecido por haberlo recibido y siempre he hecho todo lo posible para que no se desperdiciase.

De modo que los cuatro, las dos mujeres maravillosas, el hombrecillo y yo, nos encontrábamos sentados en semicírculo junto a la piscina, holgazaneando en las tumbonas, bebiendo nuestros martinis y sintiendo sobre la piel el cálido sol de las seis de la tarde. Me encontraba en buena forma. Les hice reír mucho. La historia de la golosa duquesa de Glasgow metiendo la mano en la caja de bombones y recibiendo un mordisco de uno de mis escorpiones hizo que la hija, de tanto reírse, se cayera de la tumbona; y, cuando describí con todo detalle el interior del invernadero donde criaba escorpiones en los alrededores de París, ambas damas se estremecieron de repulsión y placer.

Fue en esta fase cuando observé que los ojos de míster Abdul Aziz se hallaban posados sobre mí, con expresión de buen humor. «Vaya, vaya», parecían decir sus ojos, «nos alegra ver que no siente tanta indiferencia por las mujeres como nos hizo creer en el coche... ¿O será tal vez que este ambiente agradable le ayuda a olvidarse de esa gran pena suya...?» Míster Aziz me sonrió, mostrando sus dientes blanquísimos. Fue una sonrisa amistosa. Se la devolví. ¡Qué hombrecillo más amistoso era míster Aziz! Se mostraba sinceramente encantado de que yo prestase tanta atención a las damas. Así, pues, hasta ahora todo iba bien.

Saltaré por encima de lo que ocurrió en las horas siguientes, ya que hasta la media noche no me sucedió nada tremendo. Unas cuantas notas breves bastarán para cubrir el período intermedio:

A las siete abandonamos la piscina y volvimos a la casa con el fin de vestirnos para la cena.

A las ocho nos reunimos en la gran sala de estar para tomarnos otro cóctel. Las dos damas iban soberbiamente ataviadas y relucientes de tantas joyas como llevaban encima. Ambas llevaban vestidos de noche escotados y sin mangas que, sin ningún género de duda, eran obra de alguno de los grandes modistos de París. Mi anfitriona iba de negro; su hija, de azul pálido. Y el aroma de aquel perfume embriagador las seguía por doquier. ¡Qué pareja! La mujer mayor tenía los hombros levemente inclinados hacia adelante, como sólo los tienen las mujeres más apasionadas y expertas; porque del mismo modo que una mujer aficionada a los caballos acabará por tener las piernas estevadas de tanto montar, a una mujer muy apasionada los hombros se le redondean curiosamente de tanto abrazar a los hombres. Se trata de una deformación profesional, la más noble de todas ellas.

La hija aún no tenía edad suficiente para haber adquirido tal distintivo de honor, pero, en su caso, me bastaba con retroceder unos pasos y observar la forma de su cuerpo y fijarme en el espléndido movimiento sinuoso de sus muslos bajo el ceñido vestido de seda mientras se movía por la habitación. Tenía una línea de vello suave y dorado sobre la parte de la espina dorsal que quedaba al descubierto y, cuando me encontraba detrás de ella, me resultaba difícil resistir la tentación de acariciar sus encantadoras vértebras con los nudillos, arriba y abajo.

A las ocho y media pasamos al comedor. La cena que nos sirvieron fue algo verdaderamente magnífico, pero no malgastaré tiempo describiendo las viandas o los vinos. Durante toda la cena seguí jugueteando delicada e insidiosamente con la sensibilidad de las dos mujeres, empleando toda mi pericia y habilidad en la tarea, y, cuando llegaron los postres, ya se derretían ante mis ojos como mantequilla bajo el sol.

Después de cenar volvimos a la sala a tomar café y coñac, y luego, siguiendo la sugerencia de mi anfitrión, echamos un par de partidas de bridge.

51

Al finalizar la velada, estaba seguro de haber hecho bien mi labor. La vieja magia no me había abandonado. Si las circunstancias lo permitían, una de las dos damas sería mía. No me engañaba al respecto. Era algo obvio, que se veía de lejos. La cara de mi anfitriona brillaba de excitación y siempre que me miraba por encima de la mesita de jugar a cartas sus ojazos negros y aterciopelados se hacían más y más grandes, las ventanas de la nariz se le dilataban y entreabría levemente la boca, revelando la puntita húmeda y rosácea de la lengua asomando entre los dientes. Era un gesto maravillosamente lascivo y más de una vez me hizo fallar la jugada. La hija era menos atrevida, pero igualmente directa. Cada vez que sus ojos se cruzaban con los míos alzaba las cejas unos milímetros, como si me hiciera una pregunta; luego sonreía fugazmente, dándose ella misma la respuesta.

–Me parece que ya es hora de que nos acostemos todos –dijo míster Aziz, consultando su reloj–. Son más de las once. Vamos, queridas.

Entonces sucedió algo extraño. Al instante, sin un segundo de vacilación y sin volver a dirigirme una sola mirada, ¡ambas damas se levantaron y se dirigieron hacia la puerta! Fue algo sorprendente. Me quedé atónito. No sabía cómo interpretarlo. Fue la cosa más rápida que había visto en mi vida. Y, pese a ello, míster Aziz no había hablado con voz de enojo. Su voz, al menos para mí, había sonado tan agradable como siempre. Pero ya estaba apagando las luces, indicando claramente que deseaba que también yo me retirase. ¡Qué golpe! Yo esperaba recibir al menos un susurro de la esposa o de la hija antes de despedirnos hasta la mañana siguiente, sólo tres o cuatro palabras diciéndome adonde tenía que ir y a qué hora; pero, en vez de ello, me quedé de pie como un tonto junto a la mesita de juego mientras las dos damas salían deslizándose de la sala.

Mi anfitrión y yo las seguimos escaleras arriba. Al llegar al descansillo del primer piso, la madre y la hija se quedaron de pie la una al lado de la otra, esperándome.

—Buenas noches, míster Cornelius —dijo mi anfitriona.

—Buenas noches, míster Cornelius —dijo la hija.

—Buenas noches, mi querido amigo —dijo míster Aziz—. Espero que tenga todo lo que desee.

Se fueron a sus respectivas habitaciones y no me quedó otra cosa que hacer salvo subir lentamente, a regañadientes, el segundo tramo de escalones hasta mi propia alcoba. Entré en ella y cerré la puerta. Uno de los criados ya había echado las pesadas cortinas de brocado, pero las separé un poco y me asomé a la ventana para contemplar la noche. El aire era quieto y cálido y una luna brillante iluminaba el desierto. A mis pies, la piscina a la luz de la luna parecía un espejo enorme echado sobre el césped, y, a su lado, pude ver las cuatro tumbonas donde nos habíamos sentado horas antes.

«Bien, bien —pensé—. ¿Qué pasará ahora?»

Una cosa que me constaba que no debía hacer en aquella casa era aventurarme a salir de mi cuarto y merodear por los pasillos. Eso habría sido un suicidio. Desde hacía años sabía que existen ciertas clases de maridos con los que no deben correrse riesgos innecesarios: los búlgaros, los griegos y los sirios. Por alguna razón que desconozco, a ninguno de ellos le molestaba que flirtees descaradamente con su esposa, pero te matará al instante si te pesca metiéndote en la cama con ella. Míster Aziz era sirio. Por lo tanto, era esencial obrar con cierta prudencia. Y, si alguien iba a dar un primer paso aquella noche, ese alguien no sería yo, sino una de las dos mujeres, pues sólo ella (o ellas) sabría exactamente lo que era peligroso y lo que no lo era. Sin embargo, tuve que reconocer que, después de presenciar la forma en que mi anfitrión las había llamado al orden minutos antes, poca esperanza quedaba de que fuera a pasar algo en un futuro inmediato. Lo malo, sin embargo, era que yo me había excitado infernalmente.

Me desnudé y me di una ducha larga y fría. Eso fue una ayuda. Luego, como nunca he podido dormir a la luz de la luna, me aseguré de que las cortinas estuvieran bien echadas. Me metí en la cama y durante una hora o más estuve leyendo la *Historia natural de Setborne,* de Gilbert White. También eso fue una ayuda y, finalmente, entre la medianoche y la una de la madrugada, llegó un momento en que pude apagar la luz y prepararme para dormir sin demasiados pesares.

Empezaba a dormirme cuando oí unos nudillos. Los reconocí en el acto. Eran unos ruidos que ya había oído muchas veces en mi vida y, pese a ello, seguían siendo para mí los más emocionantes y evocativos de todo el mundo. Consistían en una serie de ruidos apagados y metálicos, como los que produce el metal al frotar con otro metal, suavemente, y siempre los hacía alguien que muy despacio, con mucha cautela, hacía girar el tirador de tu puerta desde fuera. Al instante desperté por completo. Pero no me moví. Me limité a abrir los ojos y mirar fijamente la puerta; y recuerdo que en aquel momento deseé que en la cortina hubiera un resquicio que permitiera el paso de un poco de luz de la luna, para que, al menos, pudiera vislumbrar la sombra de la hermosa forma que iba a entrar en mi cuarto de un momento a otro. Pero la alcoba estaba oscura como una mazmorra.

No oí cómo se abría la puerta. Ninguno de sus goznes chirrió. Pero, de pronto, un leve soplo de aire recorrió la habitación y movió las cortinas y al cabo de un momento oí el golpe apagado de la madera contra la madera cuando la puerta volvió a cerrarse cuidadosamente. Luego se oyó el clic del pestillo cuando el tirador quedó libre de nuevo.

Seguidamente oí unos pies que se me acercaban de puntillas por la alfombra.

Durante un horrible segundo pensé que era míster Abdul Aziz acercándose sigilosamente a la cama cuchillo en mano, pero luego, de repente, un cuerpo cálido y extensible se inclinó sobre el mío al mismo tiempo que una voz de mujer me susurraba al oído:

–¡No haga el menor ruido!

—Querida mía —dije, preguntándome cuál de las dos sería—. Sabía que ven...

Su mano se posó inmediatamente sobre mi boca.

—¡Por favor! —susurró—. ¡Ni una palabra más!

No discutí. Mis labios tenían muchas cosas mejores que hacer. Los suyos también.

Aquí debo hacer una pausa. Ya sé que esto no es propio de mí. Pero sólo por una vez deseo que se me excuse por no hacer una descripción detallada de la gran escena que se desarrolló a continuación. Tengo mis propias razones para ello y les ruego que las respeten. En todo caso, no les hará ningún daño ejercitar su imaginación para variar y, si lo desean, se la estimularé un poco diciendo sencilla y sinceramente que, de los muchos miles y miles de mujeres que he conocido en mis tiempos, ninguna me ha llevado a mayores extremos de éxtasis que aquella dama del desierto del Sinaí. Su destreza era asombrosa. Su pasión era intensa. Su gama era increíble. A cada momento salía con alguna maniobra nueva e intrincada. Y para colmo de dichas, poseía el estilo más sutil y recóndito que jamás haya encontrado. Era una gran artista. Era un genio.

Todo esto, dirán ustedes probablemente, era un claro indicio de que mi visitante no era otra que la mayor de las dos mujeres. Pues se equivocarían. No era indicio de nada. El verdadero genio es un don innato. Tiene muy poco que ver con la edad y puedo asegurarles que no había forma alguna, en las tinieblas de la alcoba, de saber con certeza cuál de las dos era. No hubiera apostado un penique por una ni por la otra. En un momento dado, tras una cadencia especialmente tumultuosa, quedaba convencido de que era la esposa. *¡Tenía que ser la esposa!* Luego, repentinamente, el tiempo entero cambiaba y la melodía se hacía tan infantil e inocente que empezaba a jurar que se trataba de la hija. *¡Tenía que ser la hija!*

Era enloquecedor no conocer la respuesta verdadera. Me atormentaba. También me humillaba, puesto que, después de todo, un conocedor, un conocedor supremo, siempre debería ser capaz de distinguir la cosecha sin ver la etiqueta de la botella. Pero en aquel caso mi derrota fue total. En un momento dado alargué la mano para coger los cigarrillos con la intención de desvelar el misterio a la luz de una cerilla, pero su mano se posó inmediatamente sobre la mía, me arrebató los cigarrillos y los fósforos y los arrojó al otro lado de la alcoba. Más de una vez empecé a susurrarle la pregunta al oído, pero en ningún caso conseguí articular tres palabras antes de que la mano me abofetease la boca. Con bastante violencia, además.

«Muy bien –pensé–. Dejémoslo correr por ahora. Mañana por la mañana, al bajar a desayunar, la luz del día me permitirá saber a punto fijo cuál de las dos eres. Lo adivinaré al ver la cara arrebolada, al ver cómo los ojos se clavan en los míos y al ver otros cien detalles reveladores. También lo sabré al ver las señales que mis dientes han hecho en el lado izquierdo del cuello, más arriba de donde llega el vestido. Ha sido una jugada astuta, la del mordisco, y sincronizada de modo tan perfecto –el sañudo mordisco se lo administré en el momento en que su pasión alcanzaba la máxima intensidad– que ni por un momento adivinó cuál era mi propósito.

En conjunto resultó una noche de lo más memorable y por lo menos transcurrieron cuatro horas antes de que me diera un último y fiero abrazo y saliera de la habitación tan rápidamente como entrara.

Al día siguiente no desperté hasta después de las diez. Me levanté de la cama y corrí las cortinas. Era otro día brillante y caluroso. Me bañé sin prisas y después me vestí tan cuidadosamente como siempre. Me sentía relajado y alegre. Me sentía también muy feliz al pensar que todavía era capaz de atraer una mujer a mi alcoba sólo con mis ojos, incluso habiendo alcanzado ya la mediana edad. ¡Y qué mujer! Iba a resultar fascinante averiguar cuál de las dos me había visitado. No tardaría en saberlo.

Bajé lentamente los dos tramos de escalones.

—¡Buenos días, mi querido amigo, buenos días! —dijo míster Aziz, levantándose del pequeño escritorio que había en la sala de estar—. ¿Ha pasado buena noche?

—Excelente, gracias —contesté, procurando no parecer pagado de mí mismo.

Se acercó a mí y se quedó de pie a mi lado, sonriéndome con sus dientes blanquísimos. Sus ojillos astutos se posaron en mi rostro y lo recorrieron poco a poco, como si buscaran algo.

—Tengo buenas noticias para usted —dijo—. Hace cinco minutos llamaron de B'ir Rawd Salim y dijeron que la correa del ventilador había llegado en la camioneta del correo. Saleh se la está colocando en este momento. Quedará lista en una hora. Así que, cuando haya desayunado, le llevaré a la gasolinera y podrá proseguir su viaje.

Le dije lo muy agradecido que le estaba.

—Lamentaremos verle partir —dijo—. Ha sido un placer inmenso para todos nosotros que nos visitase así, un placer inmenso.

Desayuné a solas en el comedor. Después volví a la sala de estar para fumarme un cigarrillo mientras mi anfitrión seguía escribiendo.

—Le ruego que me perdone —dijo—. Tengo que acabar un par de cosillas. No tardaré mucho. He ordenado que le hicieran la maleta y la metiesen en el coche, así que no tiene nada de que preocuparse. Siéntese y disfrute de su cigarrillo. Las señoras bajarán de un momento a otro.

La esposa fue la primera en llegar. Entró majestuosamente en la sala, pareciéndose más que nunca a la deslumbradora reina Semíramis del Nilo y lo primero que llamó mi atención en ella ¡fue el pañuelo de gasa verde pálido que llevaba alrededor del cuello! Lo llevaba anudado de forma a la vez descuidada y cuidadosa. Tan cuidadosamente que la piel del cuello quedaba completamente oculta. La mujer se dirigió directamente hacia su marido y le besó la mejilla.

—Buenos días, querido mío —dijo.

«Ah, perra hermosa y astuta» —pensé.

—Buenos días, míster Cornelius —dijo alegremente, sentándose en la butaca que había delante de la mía—. ¿Ha pasado buena noche? Espero que haya encontrado todo lo que deseaba.

Nunca en la vida he visto en los ojos de una mujer un brillo parecido al que vi en los suyos aquella mañana; tampoco una expresión de placer como la suya.

—He pasado una noche excelente. *Se lo agradezco* —contesté, indicándole que estaba al cabo de la calle.

Sonrió y encendió un cigarrillo. Miré de reojo a míster Aziz, que seguía escribiendo afanosamente, de espaldas a nosotros, sin prestar la menor atención a su mujer ni a mí. Pensé que era exactamente igual a todos los demás cornudos que yo había creado. Ninguno de ellos estaba dispuesto a creer que pudiera pasarle a él, ante sus mismas narices.

—¡Buenos días a todos! —exclamó la hija, entrando en la sala—. ¡Buenos días, papá! ¡Buenos días, mamá! —besó a los dos—. ¡Buenos días, míster Cornelius!

Llevaba unos pantalones color rosa, una blusa rojiza y ¡que me cuelguen si no llevaba también un pañuelo anudado de forma a la vez negligente y cuidadosa alrededor del cuello! ¡Un pañuelo de gasa!

—¿Ha pasado una noche decente? —preguntó, sentándose como una joven desposada sobre el brazo de mi sillón y colocándose de tal modo que uno de sus muslos me rozaba el antebrazo.

Eché la cabeza hacia atrás y la observé atentamente. Me devolvió la mirada y me guiñó un ojo. ¡Me guiñó un ojo! Su rostro mostraba la misma expresión de placer que el de su madre y, si cabe, parecía aún más satisfecha de sí misma que la mujer de mayor edad.

Me sentí bastante confundido. Sólo una de las dos tenía la señal de un mordisco que ocultar y, pese a ello, ambas se habían cubierto el cuello con un pañuelo. Reconocí que podía tratarse de una coincidencia, pero, a primera vista, me pareció mucho más una conspiración. Daba la impresión de que ambas se habían confabulado para impedirme descubrir la verdad. Pero ¡qué descabellado y extraordinario resultaba aquel asunto! ¿Y cuál era la finalidad del mismo? Me pregunté de qué extraña manera trazarían sus planes y complots. ¿Habrían echado la cosa a suertes la noche anterior? ¿O simplemente se turnaban para atender a los visitantes? Me dije que sencillamente tenía que volver allí, hacerles otra visita cuanto antes, sólo para ver qué ocurría la próxima vez. A decir verdad, podía ser que, al cabo de uno o dos días, cogiera el coche y volviera desde Jerusalén. Me dije que iba a resultarme fácil hacerme invitar otra vez.

–¿Está usted preparado, míster Cornelius? –preguntó míster Aziz, levantándose del escritorio.

–Por completo –respondí.

Las damas, elegantes y sonrientes, marcharon delante hasta el lugar donde esperaba el enorme Rolls-Royce verde. Les besé la mano y musité un millón de gracias a cada una de las dos. Luego me senté al lado de mi anfitrión y nos pusimos en marcha. La madre y la hija nos despidieron agitando la mano. Bajé la ventanilla y les devolví el saludo. Luego salimos del jardín y nos internamos en el desierto, siguiendo el camino amarillo y pedregoso que rodeaba la falda del monte Maghara, con los postes del telégrafo marchando a nuestro lado.

Durante el viaje, mi anfitrión y yo conversamos agradablemente de esto y aquello. Me esforcé por mostrarme lo más simpático posible, porque en aquel momento mi único objetivo consistía en hacerme invitar a la casa una vez más. Si no conseguía que él me invitase, entonces tendría que pedírselo. Lo haría en el último momento. «Adiós, mi querido amigo», le diría, agarrándole efusivamente por el cuello. «¿Puedo tener el gusto de visitarle otra vez si casualmente paso por aquí?» Y, desde luego, él diría que sí.

—¿Cree que exageré cuando le dije que mi hija era hermosa? —me preguntó.

—Se quedó corto —dije—. Es una belleza arrebatadora. Debo felicitarle. Pero su esposa no es menos bella. De hecho, entre las dos casi me tumbaron de espaldas —añadí, riéndome.

—Ya me fijé —dijo él, riendo conmigo—. Son un par de chicas muy picaronas. Les gusta tanto flirtear con otros hombres. Pero ¿por qué iba a enfadarme? No hay nada malo en flirtear.

—Nada en absoluto —dije.

—Pienso que es alegre y divertido.

—Es encantador.

En menos de media hora llegamos a la carretera principal de Ismailia a Jerusalén. Míster Aziz desvió el Rolls hacia la franja de asfalto negro y se dirigió hacia la gasolinera a más de cien kilómetros por hora. Llegaríamos allí en cosa de unos minutos. Así que procuré llevar la conversación hacia el asunto de otra visita, trabajándome discretamente una invitación.

—Su casa me ha dejado boquiabierto —dije—. Me parece sencillamente maravillosa.

—Es bonita, ¿verdad?

—Supongo que de vez en cuando se sentirá solo en ella, al ser solamente ustedes tres.

—No es peor que cualquier otro lugar —dijo—. La gente se siente sola en todas partes. En un desierto o en una ciudad... en realidad no hay mucha diferencia. Pero recibimos visitas, ¿sabe? Se asombraría si le dijera cuánta gente nos visita de vez en cuando. Como usted, por ejemplo. Ha sido un gran placer tenerle con nosotros, mi querido amigo.

—Nunca lo olvidaré —dije—. Hoy día no es frecuente encontrar tanta hospitalidad.

Me quedé esperando que me dijera que tenía que volver a verles, pero no lo dijo. Se hizo un breve silencio entre los dos, un breve silencio que resultaba ligeramente embarazoso. Con el fin de romperlo, dije:

—Me parece que el suyo es el gesto paternal más previsor del que jamás haya tenido noticia.

—¿El mío?

—Sí. Me refiero a construir una casa en el quinto cuerno y vivir en ella simplemente por el bien de su hija, para protegerla. Creo que es algo notable.

Vi que sonreía pero no apartó los ojos de la carretera y tampoco dijo nada. La gasolinera y el racimo de barracas eran ya visibles a poco más de un kilómetro delante de nosotros. El sol ya estaba muy alto y empezaba a hacer calor dentro del automóvil.

—No son muchos los padres capaces de sacrificarse hasta tal extremo —proseguí.

De nuevo sonrió, pero esta vez me pareció ver cierta timidez en su sonrisa. Y luego dijo:

—No me merezco *tantos* elogios como usted tiene a bien dedicarme. De veras que no. Si quiere que le sea absolutamente sincero, esa hermosa hija mía no es la única razón por la cual vivo en tan espléndido aislamiento.

—Ya lo sé.

—¿Lo sabe?

—Usted me lo dijo. Dijo que la otra razón era el desierto. Que lo amaba tanto como un marino ama el mar.

—Sí, se lo dije. Y es muy cierto. Pero aún queda una tercera razón.

—¿Ah, sí? ¿Y cuál es?

No me contestó. Siguió sentado completamente inmóvil, con las manos en el volante y los ojos clavados en la carretera.

—Perdone —dije—. No debería habérselo preguntado. No es asunto mío.

—No, no, eso no tiene importancia —dijo—. No se disculpe.

Me puse a contemplar el desierto a través de la ventanilla.

–Me parece que hoy hace más calor que ayer –dije–. Ya debemos de estar por encima de los cuarenta grados.

–Sí.

Vi que se movía un poco en el asiento, como si tratase de encontrar una postura más cómoda, y entonces dijo:

–En realidad, no veo razón para ocultarle la verdad sobre esa casa. No da usted la impresión de ser un chismoso.

–Puede estar usted seguro –dije.

Nos acercábamos a la gasolinera y aminoró la marcha para tener tiempo de decir todo lo que quería decirme. Vi que los dos árabes se encontraban de pie junto a mi Lagonda, observándonos.

–Esa hija –dijo al cabo de un rato–, la que conoció ayer... no es la única hija que tengo.

–¿De veras?

–Tengo otra que es cinco años mayor que ella.

–Y sin duda es igual de hermosa –dije–. ¿Dónde vive? ¿En Beirut?

–No, está en casa.

–¿En qué casa? No será en la que acabamos de dejar, ¿eh?

–Sí.

–¡Pero si no la vi en ningún momento!

–Bueno –dijo él, volviéndose de pronto para escudriñarme la cara–, puede que no.

–Pero, ¿por qué?

–Tiene lepra.

Di un salto.

–Sí, ya lo sé –dijo–. Es algo terrible. Y, además, tiene la peor variedad de lepra. Pobre chiquilla. La llaman «lepra anestésica». Es muy resistente y casi imposible de curar. Si al menos fuera la variedad nodular, resultaría mucho más fácil. Pero no lo es y no hay nada que hacer. Así que, cuando tenemos visitas en casa, no sale de su propio aposento, en el tercer piso...

El coche debió de detenerse en la gasolinera en aquel momento porque de la siguiente cosa que me acuerdo es de ver a míster Abdul Aziz allí sentado mirándome con aquellos ojillos negros e inteligentes y diciendo:

—Pero, mi querido amigo. No tiene que alarmarse de esta manera. ¡Serénese, míster Cornelius, serénese! No tiene que preocuparse absolutamente por nada del mundo. No es una enfermedad muy contagiosa. Para contraerla hay que tener el contacto más *íntimo* con la persona que la padezca...

Me apeé del coche muy lentamente y me quedé de pie bajo la luz del sol. El árabe de la cara marcada por la enfermedad me estaba sonriendo y me decía:

—La correa del ventilador ya arreglada. Todo en orden.

Busqué los cigarrillos en el bolsillo pero las manos me temblaban con tanta violencia que se me cayó el paquete al suelo. Me incliné y lo recogí. Luego saqué un cigarrillo y conseguí encenderlo. Cuando volví a alzar los ojos vi que el Rolls-Royce verde ya estaba a medio kilómetro de la gasolinera, alejándose velozmente.

EL GRAN CAMBIAZO

Había unas cuarenta personas en el cóctel que Jerry y Samantha daban aquella noche. Era la gente de siempre, la incomodidad de siempre, el horrible ruido de siempre. Los invitados tenían que apretujarse unos contra otros y hablar a gritos para hacerse oír. Muchos sonreían, mostrando unos dientes blancos y empastados. La mayoría de ellos tenía un cigarrillo en la mano izquierda y una copa en la derecha.

Me aparté de mi esposa, Mary, y su grupo y me dirigí hacia el pequeño bar que había en un rincón. Al llegar a él, me senté en un taburete de cara a la concurrencia. Lo hice para poder mirar a las mujeres. Me acomodé con los hombros apoyados en la barra, bebiendo sorbos de mi whisky escocés y examinando a las mujeres, una a una, por encima del borde de mi vaso.

No estudiaba sus figuras, sino sus rostros y lo que me interesaba de ellos no era tanto el rostro en sí como la boca grande y roja que había en la mitad del mismo. Y ni siquiera me interesaba la boca en su totalidad, sino únicamente el labio inferior. Recientemente había decidido que el labio inferior era el gran revelador. Revelaba más cosas que los ojos. Los ojos ocultaban sus secretos. El labio inferior ocultaba muy poco. Ahí estaba, por ejemplo, el labio inferior de Jacinth Winkleman, que era el invitado que se encontraba más cerca de mí. Observen las arrugas que hay en aquel labio, vean cómo algunas son paralelas y otras se extienden hacia fuera. No hay dos personas que tengan las mismas arrugas en los labios y, ahora que lo pienso, eso serviría para capturar a un criminal si existiera un registro de huellas labiales y él se hubiese tomado una copa en el lugar del crimen. El labio inferior es el que chupas y mordisqueas cuando algo te perturba y eso era precisamente lo que Martha Sullivan hacía en aquel momento, mientras contemplaba desde lejos cómo a su marido se le caía la baba mientras hablaba con Judy Martinson. Te pasas la lengua por él cuando estás caliente. Pude ver que Ginny Lomax se lamía el suyo con la puntita de la lengua mientras se encontraba al lado de Ted Dorling y le miraba fijamente a la cara. Se lo lamía de forma deliberada, sacando la lengua lentamente y mojando el labio inferior en toda su longitud. Vi que Ted Dorling miraba la lengua de Ginny, lo cual era justamente lo que ella quería que hiciese.

Mientras mis ojos iban escudriñando el labio inferior de todos los presentes, me dije que, al parecer, era verdad que todas las características menos atractivas del animal humano, la arrogancia, la rapacidad, la glotonería, la lascivia y demás, se reflejan claramente en ese pequeño carapacho de piel escarlata. Pero es necesario conocer el código. Se supone que el labio inferior protuberante o abultado significa sensualidad. Pero eso es sólo una verdad a medias en el caso de los hombres y una falsedad total en el caso de las mujeres. En ellas lo que hay que observar es la línea de piel, el estrecho filo con el borde inferior claramente delineado. Y en la ninfomaníaca hay una diminuta cresta de piel, apenas perceptible, en la parte superior del centro del labio inferior.

Samantha, mi anfitriona, la tenía.

¿Dónde estaría ahora Samantha?

Ah, allí estaba, cogiendo una copa vacía de manos de un invitado. Ahora se acercaba hacia donde me encontraba yo, con la intención de llenarla de nuevo.

—Hola, Vic —dijo—. ¿Estás sólito?

«Desde luego es una ninfo —me dije—. Aunque un ejemplar muy raro de la especie, puesto que es entera y absolutamente monógama. Es una ninfo monógama y casada que nunca sale de su propio nido. También es la hembra más apetitosa sobre la que jamás haya puesto los ojos en toda mi vida.»

—Deja que te ayude —dije, levantándome y cogiéndole el vaso de la mano—. ¿Qué hay que echar aquí dentro?

—Vodka con hielo —dijo Samantha—. Gracias, Vic —apoyó un brazo largo y blanco, precioso, sobre el mostrador y se inclinó hacia adelante hasta que su seno se apoyó en la barra, apretándose hacia arriba.

—¡Vaya! —exclamé al ver que un poco de vodka iba a parar al suelo.

Samantha me miró con sus ojazos castaños, pero no dijo nada.

—Ya lo limpiaré yo mismo —dije.

Cogió la copa llena de mis manos y se alejó. La seguí con la vista. Llevaba unos pantalones negros. Se ceñían a las nalgas de tal forma que cualquier granito o lunar, por pequeño que fuese, se habría notado a través de la ropa. Pero Samantha Rainbow no tenía ningún defecto en el trasero. De pronto me di cuenta de que me estaba lamiendo el labio inferior.

«De acuerdo —pensé—. La deseo. Me apetecería acostarme con esa mujer. Pero es demasiado arriesgado intentarlo. Sería un suicidio echarle un tiento a una chica como ésa. En primer lugar, vive en la casa de al lado, lo cual es demasiado cerca. En segundo lugar, es monógama, como ya he dicho. En tercer lugar, ella y Mary, mi mujer, son uña y carne. Siempre están intercambiando oscuros secretos femeninos. En cuarto lugar, Jerry, su marido, es un viejo y buen amigo mío y ni siquiera yo, Víctor Hammond, aunque arda en deseos, soñaría en tratar de seducir a la esposa de un hombre que es un gran amigo y confía en mí.

A menos que...»

En aquel momento, mientras desde el taburete del bar me comía con los ojos a Samantha Rainbow, una idea interesante empezó a filtrarse silenciosamente en la parte central de mi cerebro. Permanecí donde estaba, dejando que la idea fuera ensanchándose. Miré a Samantha, que se encontraba en el otro extremo de la habitación, y me puse a encajarla en el marco de la idea. Oh, Samantha, mi hermosa y jugosa joya, aún serás mía.

Pero, ¿podía alguien albergar seriamente la esperanza de que semejante locura diese resultado?

No, ni siquiera disponiendo de un millón de noches.

Ni tan sólo podía *intentarse,* a menos que Jerry estuviera de acuerdo. Así, pues, ¿por qué pensar en ello?

Samantha se encontraba a unos seis metros de mí, hablando con Gilbert Mackesy. Los dedos de su mano derecha se curvaban en torno a una copa. Eran unos dedos largos y estaba casi convencido de que también eran diestros.

Suponiendo, sólo para divertirse haciendo conjeturas, que Jerry se mostrase de acuerdo, incluso entonces habría obstáculos gigantescos en el camino. Había que tener en cuenta, por ejemplo, el pequeño detalle de las características físicas. En el club había visto muchas veces a Jerry duchándose después de una partida de tenis, pero, en aquel momento, no hubiese podido recordar los detalles necesarios aunque en ello me fuese la vida. No era la clase de cosa en la que uno se fijaba demasiado. Generalmente uno ni siquiera miraba.

De todos modos, sería una locura sugerirle el asunto a Jerry a quemarropa. No le conocía tanto como para hacer algo así. Podía sentirse horrorizado. Incluso podía ponerse desagradable. Cabía la posibilidad de que se produjese una escena poco grata. Así, pues, antes tenía que ponerle a prueba de una manera sutil.

–¿Sabes una cosa? –le dije a Jerry cerca de una hora después, cuando estábamos sentados los dos en el sofá, tomándonos la última copa. Los invitados empezaban a marcharse y Samantha estaba al lado de la puerta despidiéndose de ellos. Mary, mi mujer, estaba fuera en la terraza conversando con Bob Swain. Podía verlos a través de la puerta ventana, que estaba abierta–. ¿Sabes una cosa divertida? –dije.

–¿Qué es esa cosa divertida? –me preguntó Jerry.

–Un individuo con el que almorcé hoy me contó una historia fantástica. Totalmente increíble.

–¿Qué historia? –dijo Jerry. El whisky ya empezaba a darle sueño.

–Este hombre, el que almorzó conmigo hoy, deseaba terriblemente a la mujer de un amigo suyo, unos vecinos. Y su amigo deseaba con la misma intensidad a la mujer del hombre con el que almorcé hoy. ¿Comprendes lo que quiero decir?

–¿Quieres decir que dos individuos que vivían cerca el uno del otro deseaban cada uno a la esposa del otro?

–Precisamente –dije.

–Entonces no había problema –dijo Jerry.

–Había un problema muy gordo –dije–. Las dos esposas eran muy fieles y honorables.

–Samantha también lo es –dijo Jerry–. No miraría a otro hombre.

–Mary tampoco –dije–. Es una buena chica.

Jerry apuró su copa y depositó cuidadosamente el vaso sobre la mesita que había delante del sofá.

–¿Y qué pasó en esa historia? –dijo Jerry–. Seguramente algo picante.

–Lo que pasó –dije– fue que ese par de cachondos tramaron un plan que permitió que cada uno de ellos retozara con la mujer del otro sin que ésta se diese cuenta. ¿Eres capaz de creer una cosa así?

–¿Utilizaron cloroformo? –preguntó Jerry.

–Nada de cloroformo. Las dos estuvieron totalmente conscientes.

–Imposible –dijo Jerry–. Alguien te ha tomado el pelo.

—No lo creo –dije–. A juzgar por la forma en que ese hombre me lo contó, con toda suerte de detalles y demás, no creo que estuviese inventando la historia. De hecho, estoy seguro de que no la inventó. Y escúchame bien, ni tan siquiera se limitaron a hacerlo una sola vez. ¡Llevan meses haciéndolo cada dos o tres semanas!

—¿Y ellas sin enterarse?

—Ni la menor sospecha.

—Tengo que oír esa historia –dijo Jerry–. Primero tomemos otra copa.

Nos acercamos al bar y volvimos a llenar nuestras copas; luego regresamos al sofá.

—No debes olvidar –dije– que fueron necesarios muchos preparativos y mucho ensayar antes de poner en práctica el plan. Y los dos hombres tuvieron que intercambiar muchos detalles íntimos para que el plan tuviera una oportunidad de dar resultado. Pero la parte esencial del plan era sencilla:

«Señalaron una noche, digamos que la del sábado. Aquella noche los dos matrimonios tenían que acostarse como de costumbre, supongamos que a las once o a las once y media.

»A partir de aquel momento seguirían la rutina normal. Leerían un poco, tal vez charlarían un rato y luego apagarían la luz.

»Tan pronto como la luz estuviera apagada, los maridos darían media vuelta y fingirían dormirse. El objeto de eso era impedir que las esposas pidieran guerra, cosa que en esa etapa no debe permitirse bajo ningún concepto. De modo que las esposas se durmieron también. Pero los maridos permanecieron despiertos. Hasta aquí, bien.

«Luego, exactamente a la una de la madrugada, cuando las esposas estuvieran profundamente dormidas, los dos maridos tenían que levantarse sin despertarlas, ponerse las zapatillas y bajar en pijama. Luego abrirían la puerta principal y saldrían a la calle cuidando de no cerrar la puerta tras de sí.

«Vivían —proseguí— en la misma calle, casi enfrente el uno del otro. El barrio era residencial, muy tranquilo, y raramente pasaba alguien a aquella hora. Así que las dos figuras furtivas en pijama se encontrarían al cruzar la calle, cada uno camino de otra casa, de otra cama, de otra mujer.

Jerry me escuchaba atentamente. Tenía los ojos algo vidriosos a causa del alcohol, pero no se perdía una sola palabra.

—Lo que venía a continuación —dije— había sido preparado meticulosamente por ambos hombres. Cada uno de ellos conocía el interior de la casa del otro casi tan bien como la suya propia. Sabía cómo abrirse paso en la oscuridad, tanto abajo como en el piso de arriba, sin derribar ningún mueble. Sabía cómo llegar a la escalera y exactamente cuántos peldaños había hasta arriba y cuáles de ellos crujían y cuáles no. Sabía en qué lado de la cama dormía la mujer que estaba arriba.

«Cada uno se quitó las zapatillas, las dejó en el vestíbulo y luego, con los pies desnudos y enfundado en el pijama, subió sigilosamente al piso de arriba. Esta parte del plan, según me dijo mi amigo, resultaba bastante excitante. Se encontraba en una casa oscura y silenciosa, una casa que no era la suya, y para llegar al dormitorio principal tenía que pasar nada menos que por delante de tres dormitorios infantiles, cuyas puertas quedaban siempre ligeramente entreabiertas.

—¡Niños! —exclamó Jerry—. ¡Dios mío! ¿Y si uno de los pequeños llega a despertarse y preguntaba «Papá, ¿eres tú?»?

—Ya habían pensado en esa contingencia —dije—. En tal caso, inmediatamente habría entrado en funcionamiento un plan de emergencia. También en el caso de que la mujer, justo en el momento de entrar él en la alcoba, se hubiese despertado y preguntara «Cariño, ¿qué ocurre? ¿Qué haces dando vueltas por ahí?». También entonces habrían recurrido al plan de emergencia.

—¿Qué plan de emergencia? —preguntó Jerry.

—Muy sencillo —repuse—. El hombre hubiese bajado inmediatamente y tras salir de la casa y cruzar la calle habría llamado al timbre de su propia casa. Esta era la señal para que el otro personaje, sin importar lo que estuviese haciendo en aquel momento, bajara también corriendo, abriera la puerta y dejase entrar al otro mientras él salía. De esta forma los dos regresarían rápidamente a sus propias casas.

—Y se descubriría el pastel —dijo Jerry.

—Nada de eso —dije.

—El timbre habría despertado a toda la casa —dijo Jerry.

—Desde luego —dije—. Y el marido, al volver arriba en pijama, se limitaría a decir «He bajado a ver quién diablos llamaba al timbre a horas tan intempestivas. No había nadie. Debe de haber sido algún borracho.

—¿Y qué me dices del otro tipo? —preguntó Jerry—. ¿Cómo le explica a su mujer o a su hijo el hecho de que bajara corriendo a abrir la puerta?

—Pues diciéndole «Oí que alguien merodeaba por el jardín, así que bajé corriendo para echarle el guante, pero se me escapó». «¿Has llegado a verle?», le preguntaría la esposa llena de ansiedad. «Por supuesto que le he visto», contestaría el marido. «Ha huido a todo correr calle abajo. Demasiado rápido para mí». Después de lo cual el marido sería felicitado por su valor.

—De acuerdo —dijo Jerry—. Esa es la parte fácil. Hasta aquí todo es cuestión de planear bien las cosas y llevarlas a cabo en el momento preciso. Pero ¿qué sucede cuando cada uno de estos dos personajes cornudos se mete en la cama con la mujer del otro?

—Pues ponen manos a la obra sin perder un segundo —dije.

—Pero si las mujeres están durmiendo —dijo Jerry.

—Ya lo sé —dije—. De modo que inmediatamente inician los prolegómenos del amor, de manera dulce pero habilidosa y, cuando las dos damas despiertan del todo, están tan calientes como serpientes de cascabel.

—Supongo que todo ello se hace sin hablar —dijo Jerry.

—Ni una palabra.

—De acuerdo. Así que ya tenemos a las esposas despiertas —dijo Jerry—. Y sus manos se ponen a trabajar. Pues bien, para empezar, ¿qué me dices de la sencilla cuestión del tamaño del cuerpo? ¿Qué me dices de la diferencia entre el hombre nuevo y el marido? ¿Qué me dices sobre detalles como el que el marido sea alto o bajo, gordo o flaco? No irás a decirme que estos hombres eran físicamente idénticos.

—Idénticos no, evidentemente —dije—. Pero eran de estatura y complexión más o menos parecida. Ese punto es esencial. Ninguno de los dos llevaba barba y ambos tenían aproximadamente la misma cantidad de pelo en la cabeza. Esa clase de parecido es corriente. Aquí estamos tú y yo, por ejemplo. Más o menos tenemos la misma estatura y la misma complexión, ¿no es verdad?

—¿Lo es? —dijo Jerry.

—¿Cuánto mides? —pregunté.

—Exactamente uno ochenta.

—Yo uno setenta y ocho —dije—. Apenas hay diferencia. ¿Cuánto pesas?

—Ochenta y cuatro kilos.

—Yo peso ochenta y tres —dije—. ¿Qué es un kilo entre amigos?

Hicimos una pausa y Jerry miró por la puerta ventana hacia la terraza, donde Mary, mi esposa, seguía hablando con Bob Swain y el sol del atardecer arrancaba destellos de su pelo. Mary era una chica morena, bonita y dueña de un hermoso busto. Observé a Jerry. Vi que sacaba la lengua y recorría con ella la superficie del labio inferior.

—Supongo que tienes razón —dijo Jerry, sin dejar de mirar a Mary—. Supongo que tú y yo somos más o menos de la misma estatura —al volverse nuevamente de cara a mí observé que tenía las mejillas encarnadas—. Sigue contándome lo de esos dos hombres —dijo—. ¿Qué me dices de algunas de las otras diferencias?

–¿Te refieres a las caras? –dije–. Nadie puede verte la cara en la oscuridad.

–No me refiero a sus caras –dijo Jerry.

–Entonces, ¿a qué te refieres?

–Me refiero a sus pichas –dijo Jerry–. De eso se trata, ¿no es así? Y no irás a decirme que...

–Oh, sí, sí voy a decírtelo –dije–. Mientras ambos hombres estuviesen circuncidados o no, no había realmente ningún problema.

–¿Pretendes que me crea que todos los hombres tienen el mismo tamaño de picha? –preguntó Jerry–. Pues no es así.

–Ya lo sé que no es así –dije.

–Algunas son enormes –dijo Jerry–. Y algunas son pequeñísimas.

–Siempre hay excepciones –le dije–. Pero te llevarías una sorpresa si supieses cuántos hombres tienen virtualmente las mismas medidas, centímetro más, centímetro menos. Según mi amigo, el noventa por ciento son normales. Sólo el diez por ciento son notablemente grandes o pequeñas.

–No me lo creo –dijo Jerry.

–Compruébalo alguna vez –dije–. Pregúntaselo a alguna chica que esté muy viajada.

Jerry bebió lentamente un largo sorbo de whisky y sus ojos volvieron a mirar a Mary por encima del borde de la copa.

–¿Y qué hay del resto? –preguntó.

–No es problema –dije.

–¡Que no es problema! –exclamó–. ¿Quieres que te diga por qué esa historia es una patraña?

–Adelante.

–Todo el mundo sabe que una mujer y un hombre que llevan casados algunos años crean una especie de rutina. Es inevitable. ¡Dios mío! Un nuevo operario sería detectado inmediatamente. Sabes de sobra que es así. No puedes aparecer con un estilo totalmente distinto y esperar que la mujer no se dé cuenta, por muy caliente que esté. ¡Se lo olería en seguida!

–Una rutina puede duplicarse –dije–. Basta con que antes se describa cada uno de sus detalles.

–Eso resulta un poquito personal –dijo Jerry.

–Todo el asunto es personal –dije–. Así que cada hombre cuenta su historia. Cuenta detalladamente lo que suele hacer. Lo cuenta todo. Sin olvidar nada. Ni el menor detalle. Toda la rutina desde el principio hasta el fin.

–¡Jesús! –exclamó Jerry.

–Cada uno de estos dos hombres –dije– tuvo que aprenderse un papel nuevo. En efecto, tuvo que convertirse en actor, puesto que iba a encarnar otro personaje.

–No es tan fácil eso –dijo Jerry.

–No es ningún problema, según mi amigo. La única cosa que había que vigilar era no dejarse llevar por el entusiasmo y ponerse a improvisar. Había que seguir al pie de la letra las instrucciones del director de escena, sin separarse un ápice de ellas.

Jerry bebió otro trago de whisky. También echó otro vistazo a Mary, que seguía en la terraza. Luego se reclinó en el sofá, con la copa en la mano.

–Estos dos personajes –dijo–. ¿Pretendes decirme que realmente lo consiguieron?

–Estoy seguro de ello –dije–. Todavía lo hacen. Una vez cada tres semanas o así.

–¡Qué historia más fantástica! –exclamó Jerry–. ¡Y qué cosa más peligrosa! Imagínate la que se armaría si te atrapasen. Divorcio inmediato. Mejor dicho, dos divorcios. Uno en cada lado de la calle. No vale la pena.

–Se necesitan muchos redaños –dije.

–La fiesta está terminando –dijo Jerry–. Cada quisque se vuelve a su casita con su condenada esposa.

No dije nada más del asunto. Permanecimos sentados durante otro par de minutos, bebiendo nuestras copas mientras los invitados comenzaban a moverse hacia el vestíbulo.

—¿Te dijo que resultaba divertido... ese amigo tuyo? —preguntó Jerry de pronto.

—Dijo que se lo pasaba bomba —contesté—. Dijo que todos los placeres normales se intensificaban en un ciento por ciento debido al riesgo. Juró que era la mejor forma de hacerlo que hay en el mundo: hacerse pasar por el marido sin que la mujer se entere.

En aquel momento Mary entró por la puerta ventana en compañía de Bob Swain. Llevaba una copa vacía en la mano y una azalea roja como el fuego en la otra. Había cogido la azalea en la terraza.

—Te he estado observando —dijo, apuntándome con la flor como si fuese una pistola—. Apenas has parado de hablar durante los últimos diez minutos. ¿Qué te ha estado contando, Jerry?

—Un chiste verde —repuso Jerry, sonriendo.

—Siempre hace lo mismo cuando bebe —dijo Mary.

—El chiste es bueno —dijo Jerry—. Pero totalmente imposible. Haz que te lo cuente algún día.

—No me gustan los chistes verdes —dijo Mary—. Vamos, Vic. Ya es hora de irnos.

—No os vayáis aún —dijo Jerry, clavando los ojos en el espléndido seno de Mary—. Tomaos otra copa.

—No, gracias —dijo Mary—. Los niños estarán pidiendo la cena a gritos. Lo he pasado muy bien.

—¿No vas a darme el beso de las buenas noches? —preguntó Jerry, levantándose del sofá. Buscó la boca de Mary, pero ella volvió rápidamente la cabeza y sólo pudo rozarle la mejilla.

—Márchate, Jerry —dijo ella—. Estás bebido.

—Bebido, no —dijo Jerry—. Solamente salido.

—No te pongas salido conmigo, muchacho —dijo secamente Mary—. Detesto esta clase de conversaciones —se alejó de nosotros, llevando el seno ante sí como si se tratara de un ariete.

76

—Hasta la vista, Jerry —dije—. Bonita fiesta.

Mary me estaba esperando en el vestíbulo con cara de pocos amigos. Samantha también estaba allí, despidiendo a los últimos invitados: Samantha con sus dedos diestros y su piel tersa y sus muslos tersos, peligrosos.

—Anímate, Vic —me dijo, mostrándome sus blancos dientes. Parecía la creación, el principio del mundo, la primera mañana—. Buenas noches, Vic, querido —dijo, moviendo sus dedos en mis partes vitales.

Salí de la casa detrás de Mary.

—¿Te encuentras bien? —preguntó.

—Sí —dije—. ¿Por qué no?

—Lo que llegas a beber pondría malo a cualquiera —dijo.

Un seto viejo y esmirriado separaba nuestra casa de la de Jerry y en él había un boquete que nosotros utilizábamos siempre. Mary y yo cruzamos el boquete en silencio. Entramos en casa y Mary preparó un montón de huevos revueltos con tocino y nos lo comimos con los niños.

Después de cenar salí a dar una vuelta por el jardín. Era una tarde de verano despejada y fresca y, como no tenía nada más que hacer, decidí cortar el césped de la parte delantera. Saqué el corta-césped del cobertizo y lo puse en marcha. Luego inicié la vieja rutina de marchar arriba y abajo detrás de la máquina. Me gusta cortar el césped. Es una operación que sosiega y, desde la parte delantera de nuestro jardín, siempre puedo mirar hacia la casa de Samantha al ir en una dirección y pensar en ella al volver en dirección opuesta.

Llevaba unos diez minutos manejando el corta-césped cuando Jerry entró por el boquete del seto. Fumaba en pipa, con las manos en los bolsillos y se detuvo al borde del césped, contemplándome. Me detuve ante él, pero dejé el motor en marcha.

—Hola, chico —dijo—. ¿Qué tal anda todo?

—Estoy en desgracia —dije—. Y tú también.

—Tu mujercita —dijo— es increíble lo remilgada y gazmoña que llega a ser.

—Oh, eso ya lo sabía.

—Me riñó en mi propia casa —dijo Jerry.

—No mucho.

—Lo suficiente —dijo, sonriendo levemente.

—¿Lo suficiente para qué?

—Para hacerme desear una pequeña revancha a costa suya. Así que, ¿qué te parecería si te sugiriese que probásemos suerte con eso de lo que te habló tu amigo a la hora de almorzar?

Cuando le oí decir aquello me invadió una excitación tan grande que el estómago estuvo a punto de salirme por la boca. Así con fuerza el manillar del corta-césped y aceleré el motor.

—¿He dicho alguna inconveniencia? —preguntó Jerry.

No contesté.

—Escúchame —dijo—, si crees que es una idea asquerosa, olvidemos que la he mencionado y se acabó. No estarás enfadado conmigo, ¿eh?

—No estoy enfadado contigo, Jerry —dije—. Es sólo que no se me había ocurrido que *nosotros* debiéramos probarlo.

—Pues a mí sí se me ha ocurrido —dijo—. El escenario es perfecto. Ni siquiera tendríamos que cruzar la calle —la cara se le había iluminado de repente y sus ojos relucían como dos estrellas—. ¿Qué me dices, entonces, Vic?

—Estoy pensando —repuse.

—A lo mejor es que Samantha no te tienta.

—No lo sé, honradamente —dije.

—Con ella se lo pasa uno de maravilla —dijo Jerry—. Te lo garantizo.

En aquel momento vi que Mary salía al porche delantero.

—Ahí está Mary —dije—. Andará buscando a los niños. Ya volveremos a hablar del asunto mañana.

—Entonces... ¿trato hecho?

—Podría ser, Jerry. Pero sólo con la condición de que no nos precipitemos. Antes de empezar quiero estar completamente seguro de que todo vaya a salir bien. ¡Maldita sea! ¡Estas cosas son totalmente nuevas para mí! ¡Podríamos pillarnos los dedos!

—¡Nada de eso! —dijo—. Tu amigo dice que se lo pasan bomba; y que, además, es la mar de fácil.

—Ah, sí —dije—. Mi amigo. Desde luego. Pero cada caso es distinto.

Apreté el acelerador del corta-césped y salí disparado hacia el otro extremo del jardín. Cuando llegué allí y me volví, Jerry ya había cruzado el boquete del seto y se dirigía hacia la puerta principal de su casa.

El siguiente par de semanas fue un período de mucho conspirar para Jerry y para mí. Celebramos reuniones secretas en bares y restaurantes con el objeto de preparar la estrategia, y, a veces, él se dejaba caer por mi oficina después del trabajo y trazábamos planes a puerta cerrada. Siempre que surgía algún punto dudoso, Jerry decía: «¿Cómo lo resolvió tu amigo?» Y yo, tratando de ganar tiempo, le contestaba: «Le llamaré para preguntárselo». Después de numerosas conferencias y de mucho hablar, acordamos los siguientes puntos principales:

1. Que el día «D» fuese un sábado.

2. Que la noche del día «D» llevaríamos a nuestras esposas a cenar en un buen restaurante, los cuatro juntos.

3. Que Jerry y yo saldríamos de casa y cruzaríamos el boquete del seto a la una en punto de la madrugada.

4. Que en lugar de acostarnos en la cama a oscuras hasta la una, los dos, en cuanto nuestras esposas se durmieran, bajaríamos sin hacer ruido a la cocina y beberíamos café.

5. Que recurriríamos al timbre de la puerta en el supuesto de que se presentara algún imprevisto.

6. Que la hora de volver a nuestras respectivas casas a través del seto serían las dos de la madrugada.

7. Que durante nuestra permanencia en cama ajena a las preguntas de la mujer (si las había) contestaríamos con un «¡Hum!» pronunciado con los labios bien apretados.

8. Que yo debía renunciar inmediatamente a los cigarrillos y habituarme a fumar en pipa para «oler» igual que Jerry.

9. Que inmediatamente empezaríamos a usar las mismas marcas de brillantina y loción para después del afeitado.

10. Que, en vista de que ambos nos acostábamos sin quitarnos el reloj de pulsera y que el mío y el suyo tenían más o menos la misma forma, no los intercambiaríamos. Ninguno de los dos llevaba anillo.

11. Que cada uno de nosotros debía llevar encima algo insólito que la mujer identificase sin lugar a dudas con su propio marido. Por consiguiente, inventamos lo que dimos en llamar «El truco del esparadrapo». Consistía en lo siguiente: la noche del día «D», cuando los dos matrimonios llegasen a casa procedentes del restaurante, ambos maridos iríamos a la cocina diciendo que nos apetecía un poco de queso. Una vez en la cocina, los dos nos pegaríamos un trozo grande de esparadrapo en el dedo índice de la mano derecha. Luego, al volver junto a nuestras respectivas esposas, les mostraríamos el dedo y diríamos: «Me he cortado. No es nada, pero sangra un poco». De esta manera, cuando al cabo de un rato cambiáramos de cama, las dos mujeres notarían claramente el esparadrapo (el hombre se cuidaría de que así fuera) y lo asociarían directamente con su propio esposo. Se trataba de una importante estratagema psicológica, calculada para disipar cualquier sospecha, por pequeña que fuese, que pudiera entrar en el cerebro de las dos hembras.

Hasta aquí nuestros planes básicos. Luego vino lo que en nuestras notas bautizamos con el nombre de «familiarización con el terreno». Primeramente Jerry me instruyó a mí. Me sometió a un entrenamiento de tres horas en su propia casa un domingo por la tarde, aprovechando que su mujer y los niños no estaban. Nunca había entrado en el dormitorio de Jerry y Samantha. Sobre la mesita del tocador estaban los perfumes de Samantha, sus cepillos y sus otras cositas. Un par de medias colgaba del respaldo de una silla. Su camisón, que era blanco y azul, colgaba detrás de la puerta que conducía al cuarto de baño.

—De acuerdo —dijo Jerry—. La habitación estará completamente a oscuras cuando entres. Samantha duerme en este lado, de manera que tendrás que dar la vuelta a la cama de puntillas y meterte en ella por el otro lado. Voy a vendarte los ojos para que practiques un poco.

Al principio, con los ojos vendados, vagué por toda la habitación como un borracho. Pero después de casi una hora de trabajo, conseguí hacer el recorrido bastante bien. Pero, antes de que Jerry me diera el visto bueno definitivo, tuve que ir, con los ojos vendados, desde la puerta de la calle hasta la escalera, cruzando el vestíbulo, pasando luego por delante de los cuartos de los niños, entrando en la habitación de Samantha y aterrizando en el lugar exacto. Y tuve que hacerlo en silencio, igual que un ladrón. Todo ello requirió tres horas de duro trabajo, pero al final le cogí el tranquillo.

El domingo siguiente por la mañana, mientras Mary y los niños estaban en la iglesia, tuve la oportunidad de dar a Jerry la misma instrucción en mi casa. Aprendió más deprisa que yo y, al cabo de una hora, ya había superado la prueba de los ojos vendados sin meter la pata ni una sola vez.

Fue durante esta operación cuando decidimos desconectar la lamparilla de cabecera de las dos mujeres al entrar en la alcoba. Así que Jerry practicó la operación de encontrar el enchufe y tirar de él sin quitarse la venda de los ojos y el fin de semana siguiente yo hice lo mismo en su casa.

Llegó entonces lo que era con mucho la parte más importante de nuestro entrenamiento. Le dimos el nombre de «tirar de la manta» y fue durante la misma cuando ambos tuvimos que describir con todo lujo de detalles el procedimiento que seguíamos al hacer el amor con nuestras respectivas esposas. Acordamos no complicarnos la vida con variaciones exóticas que él o yo pudiéramos poner en práctica ocasionalmente. Nos ocupamos exclusivamente de enseñarnos mutuamente el procedimiento más rutinario, el que utilizáramos con mayor frecuencia y que, por tanto, fuera el menos susceptible de levantar sospechas.

La sesión tuvo lugar en mi oficina a las seis de la tarde de un miércoles, cuando el personal ya se había ido a casa. Al principio los dos nos sentimos algo azorados y ninguno quería ser el primero en empezar. De modo que saqué la botella de whisky y después de tomarnos un par de copas soltamos la lengua y empezó la lección. Mientras Jerry hablaba yo tomaba notas y viceversa. Al final de todo, resultó que la única diferencia real entre el procedimiento de Jerry y el mío residía en el tiempo. ¡Pero menuda diferencia era! Él se tomaba las cosas (si hay que creer lo que dijo) con tanta calma y prolongaba los momentos hasta tal punto que me pregunté en silencio si su pareja no se dormiría en pleno acto. Sin embargo, mi misión no consistía en criticar, sino en copiar, así que no dije nada.

Jerry no se mostró tan discreto. Al finalizar mi descripción personal, tuvo la temeridad de decir:

–¿De veras que lo haces así?

–¿Qué quieres decir? –pregunté.

–Que si terminas la cosa tan pronto.

–Mira –dije–, no estamos aquí para darnos lecciones el uno al otro. Estamos aquí para aprender hechos concretos.

–Ya lo sé –dijo–. Pero me voy a sentir un poco tonto si copio tu estilo exactamente. ¡Dios mío! ¡Lo haces con la rapidez de un tren expreso al pasar por una estación pueblerina!

Me quedé mirándole fijamente, boquiabierto:

–No pongas esa cara de sorpresa –dijo–. Tal como me lo has contado, cualquiera creería que...

—¿Que qué? —dije.

—Bueno, olvídalo —dijo.

—Gracias —dije.

Me sentía furioso. Hay dos cosas en este mundo que me consta que hago de modo inmejorable. Una es conducir un automóvil y la otra ya saben ustedes qué es. Así que verle ahí sentado, diciéndome que no sabía cómo comportarme con mi propia esposa, fue una afrenta monstruosa. Era él y no yo quien no sabía hacerlo. ¡Pobre Samantha! ¡Las cosas que habría tenido que soportar a lo largo de los años!

—Siento haber dicho eso —dijo Jerry. Echó más whisky en nuestros vasos—. ¡Brindo por el gran cambiazo! —dijo—. ¿Cuándo será?

—Hoy estamos a miércoles —contesté—. ¿Qué te parece el sábado que viene?

—¡Espléndido! —dijo Jerry.

—Deberíamos hacerlo antes de que se nos olviden las prácticas —dije—. ¡Son tantas las cosas que hay que recordar!

Jerry se acercó a la ventana y miró los coches que pasaban por la calle.

—De acuerdo —dijo, girando en redondo—. ¡Será el sábado próximo!

Después cada cual se fue a casa en su propio coche.

—Jerry y yo hemos pensado que el sábado por la noche podríamos llevaros a ti y a Samantha a cenar fuera de casa —le dije a Mary.

Estábamos en la cocina y ella preparaba unas hamburguesas para los niños. Dio media vuelta y se quedó mirándome, con la sartén en una mano y la cuchara en la otra. Sus ojos azules miraron directamente los míos.

—¡Caramba, Vic! —dijo—. ¡Qué sorpresa más agradable! Pero ¿se puede saber qué vamos a celebrar?

La miré fijamente a los ojos y contesté:

—Me dije que, para variar, sería agradable ver caras nuevas. Siempre vemos a la misma gente en las mismas casas.

Mary dio un paso al frente y me besó la mejilla.

—¡Qué bueno eres! —exclamó—. ¡Cómo te quiero!

—No te olvides de telefonear a la canguro.

—No, la llamaré esta misma noche —dijo.

El jueves y el viernes pasaron muy aprisa y, de repente, llegó el sábado. El día «D». Me levanté presa de una excitación loca. Después de desayunar me sentí incapaz de estarme quieto, así que salí a lavar el coche. Estaba en plena tarea cuando Jerry apareció por el boquete del seto, pipa en boca.

—Hola, chico—. Ha llegado el día.

—Ya lo sé —dije.

También yo tenía una pipa en la boca. Hacía un gran esfuerzo por filmármela, pero me costaba mantenerla encendida y el humo me quemaba la lengua.

—¿Cómo te encuentras? —preguntó Jerry.

—De primera —repliqué—. ¿Y tú?

—Algo nervioso —dijo.

—No te pongas nervioso, Jerry.

—Lo que vamos a hacer es una barbaridad —dijo—. Espero que nos salga bien.

Seguí sacándole brillo al parabrisas. Era la primera vez que veía a Jerry asustado por algo. Me preocupó un poco.

—Me alegra saber que no somos los primeros en intentarlo —dijo—. Si nadie lo hubiera hecho anteriormente, no creo que me atreviese.

—Estoy de acuerdo —dije.

—Lo que me impide ponerme demasiado nervioso —prosiguió— es el hecho de que tu amigo lo encontrase tan fantásticamente fácil.

—Mi amigo dijo que es cosa de coser y cantar —dije—. Pero por el amor de Dios, Jerry, ¡no te pongas nervioso ahora que ya falta poco! Sería un desastre.

—No te preocupes —dijo—. ¡Pero es excitante! ¿Verdad?

—Desde luego que lo es —dije.

—Escucha —dijo—. Será mejor que esta noche seamos prudentes con la bebida.

—Buena idea —dije—. Nos veremos a las ocho y media.

A las ocho y media Samantha, Jerry, Mary y yo salimos en el coche de Jerry hacia el restaurante «Billy's», cuya especialidad eran los filetes. A pesar de su nombre, el restaurante era caro y de mucha clase y las chicas se habían vestido de largo para la ocasión. Samantha llevaba algo de color verde que no empezaba hasta llegar a la mitad de su seno y yo no recordaba haberla visto jamás tan hermosa como aquella noche. En nuestra mesa había velas. Samantha se sentó enfrente de mí y, cada vez que se inclinaba hacia adelante, acercando el rostro a la luz de las velas, podía ver aquella diminuta cresta de piel en el centro de su labio inferior.

—Vamos a ver —dijo, cogiendo el menú que el camarero le ofrecía—. ¿Qué voy a tomar esta noche?

«¡Jo, jo, jo! —pensé—. ¡He aquí una buena pregunta!»

Todo fue como una seda en el restaurante y las chicas se lo pasaron muy bien. Cuando regresamos a casa de Jerry eran las doce menos cuarto. Samantha nos invitó a entrar para tomarnos una última copa.

—Gracias —dije—, pero es un poquitín tarde. Y tengo que llevar a la canguro en coche a su casa.

Así que Mary y yo cruzamos el seto.

«*Ahora* —me dije al entrar por la puerta principal—. *Ahora* empieza la cuenta atrás. Tengo que mantener la cabeza despejada y no olvidarme de nada.»

Mientras Mary pagaba a la canguro, me dirigí a la nevera y encontré un trozo de queso canadiense. Saqué un cuchillo del cajón y un rollo de esparadrapo del armario. Me envolví con esparadrapo la punta del dedo índice de la mano derecha y esperé a que Mary se volviera hacia mí.

—Me he cortado —dije, levantando el dedo para que lo viese—. No es nada, pero sangra un poquito.

—Creía que ya habías comido suficiente por hoy —fue todo lo que dijo.

Pero el esparadrapo se le grabó en la mente y con ello quedó cumplida la primera parte de mi misión.

Llevé a la canguro a su casa y, cuando volví y entré en el dormitorio, eran casi las doce y Mary ya estaba medio dormida con la luz apagada. Apagué la lámpara de mi mesita de noche y entré en el baño para desnudarme. Me entretuve allí durante unos diez minutos y, al salir, Mary, como esperaba, ya estaba bien dormida. Me pareció que no valía la pena meterme en la cama con ella. Así que me limité a apartar un poco la ropa de mi lado para que a Jerry le resultase más fácil acostarse; luego, con las zapatillas puestas, bajé a la cocina y enchufé la cafetera eléctrica. Eran las doce y diecisiete minutos. Faltaban cuarenta y tres minutos.

A las doce treinta y cinco minutos subí a comprobar si Mary y los niños dormían. Todo el mundo dormía a pierna suelta.

A las doce cincuenta y cinco minutos, cinco minutos antes de la hora cero, volví a subir para llevar a cabo una última comprobación. Me acerqué directamente a Mary y susurré su nombre. No contestó. Espléndido.

«¡Llegó la hora! —pensé—. ¡En marcha!»

Me puse un impermeable marrón sobre el pijama y apagué la luz de la cocina para que toda la casa quedara a oscuras. Cerré de golpe la puerta principal. Y luego, sintiendo una gran euforia, salí de la casa y me interné en la noche.

En nuestra calle no había faroles. Tampoco había luna ni se veía una sola estrella. La noche era negra, negrísima, pero el aire era cálido y soplaba un poco de brisa procedente de alguna parte.

Dirigí mis pasos hacia el boquete del seto. Cuando estuve muy cerca conseguí distinguir el seto y encontré el boquete. Me quedé esperando allí. Luego oí los pasos de Jerry, acercándose.

—Hola, chico —susurró—. ¿Todo en orden?

—Lo tienes todo preparado —contesté, también susurrando.

Siguió su camino, oí sus pies calzados con zapatillas cruzando el césped en dirección a mi casa. Eché a andar hacia la suya.

Abrí la puerta principal de Jerry. Dentro estaba aún más negro que fuera. Cerré la puerta con cuidado. Me quité el impermeable y lo colgué en el tirador de la puerta. Después me quité las zapatillas y las dejé contra la pared, al lado de la puerta. Me era literalmente imposible ver mis propias manos. Tenía que hacerlo todo a tientas.

Me alegré de que Jerry me hubiese hecho practicar con los ojos vendados durante tantas horas. No eran mis pies sino mis dedos los que me guiaban. Los dedos de una mano o de la otra en ningún momento dejaban de estar en contacto con alguna cosa, una pared, la barandilla, un mueble, la cortina de alguna ventana. En todo momento sabía o creía saber exactamente dónde me encontraba. Pero sentía un no sé qué extraño al cruzar de puntillas la casa de otra persona en plena noche. Mientras subía a tientas la escalera me puse a pensar en los ladrones que habían entrado en nuestra casa el invierno pasado y se habían llevado el televisor. Cuando vino la policía al día siguiente les enseñé el enorme cagarro que yacía sobre la nieve enfrente del garaje.

—Casi siempre hacen eso —dijo uno de los policías—. No pueden evitarlo. Están asustados.

Llegué a lo alto de las escaleras. Crucé el descansillo sin dejar de palpar la pared con los dedos de la mano derecha. Empecé a caminar por el pasillo, pero me detuve cuando mi mano encontró la puerta de la primera habitación de los niños. Estaba ligeramente entreabierta. Agucé el oído. Hasta mí llegó la respiración acompasada de Robert Rainbow, de ocho años de edad. Seguí avanzando. Encontré la puerta del segundo dormitorio de los niños. Éste era el de Billy, de seis años, y de Amanda, de tres. Me quedé unos segundos escuchando. Todo iba bien.

El dormitorio principal estaba al final del pasillo, unos cuatro metros más allá. Llegué a la puerta. De acuerdo con los planes, Jerry la había dejado abierta. Entré. Me quedé absolutamente inmóvil a pocos pasos de la puerta, escuchando atentamente por si se oía alguna señal de que Samantha estaba despierta. El silencio era total. Fui palpando la pared hasta que llegué al lado de la cama donde dormía Samantha. Inmediatamente me arrodillé y busqué el enchufe de la lámpara de su mesita de noche. Extraje la clavija y la deposité sobre la alfombra. Muy bien. Ahora había menos peligro. Me levanté. No podía ver a Samantha y al principio tampoco podía oír nada. Me incliné sobre la cama. Ah, sí, pude oír su respiración. De repente llegó hasta mi nariz una vaharada del fuerte perfume de almizcle que se había puesto aquella noche. Sentí que la sangre bajaba corriendo hacia mis ingles. Rápidamente me dirigí de puntillas hacia el otro lado de la cama, palpando suavemente el borde de ésta con dos dedos.

Lo único que me faltaba por hacer era meterme dentro. Así lo hice, pero, al apoyar el peso de mi cuerpo sobre el colchón, el crujido de los muelles del somier sonó como si alguien estuviera disparando un fusil en la alcoba. Me quedé inmóvil, conteniendo la respiración. El corazón me latía como una máquina en la garganta. Samantha estaba de espaldas a mí. No se movió. Tiré de la ropa de la cama hasta cubrirme el pecho y me volví hacia ella. Un calorcillo femenino salía de su cuerpo y me envolvía. ¡Adelante! ¡Ahora!

Alargué una mano y le toqué el cuerpo. Su camisón era cálido y sedoso. Apoyé la mano suavemente en sus muslos. Siguió sin moverse. Esperé uno o dos minutos, luego dejé que la mano apoyada en el muslo avanzara e iniciase las exploraciones. Lentamente, deliberadamente y muy acertadamente mis dedos empezaron el proceso de enardecerla.

Samantha se movió. Dio media vuelta y quedó boca arriba. Luego, con voz soñolienta, murmuró:

–¡Oh, querido!... ¡Oh, queridísimo!... ¡Santo cielo, amor!...

Yo, por supuesto, no dije nada. Me limité a proseguir la tarea.

Pasaron un par de minutos.

Samantha yacía completamente inmóvil.

Pasó otro minuto. Luego otro. Ella no movió ni un músculo. Empecé a preguntarme cuánto tiempo tardaría en encenderse. Perseveré.

Pero, ¿por qué aquel silencio? ¿Por qué aquella inmovilidad absoluta y total, aquella postura paralizada?

De repente di con la explicación. ¡Me había olvidado por completo de Jerry! ¡Era tal mi excitación que me había olvidado completamente de su procedimiento personal! ¡Lo estaba haciendo a mi manera en vez de a la suya! Su forma de hacerlo era mucho más compleja que la mía. Era ridículamente complicada. Era de todo punto innecesaria. Pero era la rutina a la que Samantha estaba acostumbrada. Y ahora se daba cuenta de la diferencia y trataba de adivinar qué chantres estaba pasando.

Pero ya era demasiado tarde para cambiar de dirección. Tenía que seguir.

Seguí. La mujer que yacía a mi lado era como un muelle enroscado. Noté la tensión debajo de su piel. Empecé a sudar.

De repente profirió un gemido extraño.

Más pensamientos horribles cruzaron por mi cerebro. ¿Estaría enferma? ¿Le estaría dando un ataque al corazón? ¿Debía yo salir pitando de allí?

Samantha volvió a gruñir, esta vez más fuerte. De pronto exclamó «¡Sí-sí-sí-sí-sí!» y, al igual que una bomba cuya mecha retardada hubiese alcanzado por fin la dinamita, hizo explosión y volvió a la vida. Me apresó entre sus brazos y vino por mí con tan increíble ferocidad que tuve la sensación de ser atacado por un tigre.

¿O sería mejor decir «tigresa»?

Ni en sueños había pensado que una mujer pudiera hacer las cosas que Samantha me hizo a continuación. Era un torbellino, un torbellino deslumbrante y frenético que me arrancó de raíz y me hizo girar y girar elevándome hacia el firmamento, hacia lugares de cuya existencia nada sabía.

Yo no aporté nada. ¿Cómo podía aportar algo? Me veía reducido a la impotencia. Yo era la hoja de palmera girando y girando por los aires, el cordero entre las garras del tigre. Apenas si podía respirar.

A pesar de todo, resultó excitante rendirse ante una mujer violenta y durante los siguientes diez, veinte, treinta minutos —¿cómo iba a saber exactamente cuánto tiempo?— la tormenta siguió rugiendo. Mas no es mi intención obsequiar al lector con detalles escabrosos. No soy partidario de lavar la ropa en público. Lo siento, pero no hay que darle más vueltas. Espero, sin embargo, que mi reticencia no cause un anticlímax demasiado fuerte. Desde luego, no hubo ningún «anti» en mi propio clímax y durante el último y abrasador paroxismo proferí un grito que debería haber despertado a todo el vecindario. Luego me derrumbé y quedé como un odre vacío.

Samantha, como si no hubiera hecho más que beberse un vaso de agua, se limitó a volverse de espaldas a mí y dormirse de nuevo.

¡Puf!

Me quedé quieto, recuperándome poco a poco.

Como verán, había acertado en lo que dije acerca de aquella cosita que tenía en el labio inferior, ¿no es verdad?

Ahora que lo pienso, había acertado más o menos en todo lo referente a aquella increíble aventura. ¡Qué triunfo! Me sentía maravillosamente relajado y exhausto.

Me pregunté qué hora sería. Mi reloj no era luminoso. Lo mejor era que me fuese ya. Me levanté de la cama. A tientas, aunque esta vez no tan cautelosamente como antes, di la vuelta a la cama, salí del dormitorio, recorrí el pasillo, bajé las escaleras y entré en el vestíbulo de la casa. Encontré mi impermeable y las zapatillas. Me los puse. Llevaba un encendedor en el bolsillo del impermeable. Lo utilicé para ver qué hora era. Faltaban ocho minutos para las dos. Era más tarde de lo que me figuraba. Abrí la puerta principal y salí a la negra noche.

Mis pensamientos comenzaron a concentrarse en Jerry. ¿Estaría bien? ¿Se habría salido con la suya? Avancé en la oscuridad hacia el boquete del seto.

–Hola, chico –susurró una voz a mi lado.

–¡Jerry!

–¿Todo bien? –preguntó Jerry.

–Fantástico –dije–. Asombroso. ¿Y tú... qué?

–Lo mismo –dijo. Vi sus dientes blancos sonriéndome en la oscuridad–. ¡Lo hemos conseguido, Vic! –susurró, tocándome el brazo–. ¡Tenías razón! ¡Ha funcionado! ¡Ha sido sensacional!

–Nos veremos mañana –susurré–. Vete a casa.

Nos separamos. Crucé el seto y entré en mi casa. Al cabo de tres minutos me encontraba de vuelta en mi cama, sano y salvo, con mi propia esposa durmiendo profundamente a mi lado.

El día siguiente era domingo. Me levanté a las ocho y media y bajé en pijama y bata a preparar el desayuno para la familia, como hago todos los domingos. Mary seguía durmiendo arriba. Los dos chicos, Víctor, de nueve años, y Wally, de siete, ya estaban abajo.

–Hola, papá –dijo Wally.

–Voy a preparar algo nuevo para el desayuno –anuncié.

–¿Qué? –dijeron los dos chicos al unísono.

Habían ido al pueblo a buscar el periódico dominical y en aquel momento estaban leyendo las historietas de dibujos.

–Prepararemos unas tostadas, las untaremos con mantequilla y extenderemos mermelada de naranja encima –dije–. Luego colocaremos unas lonjas de tocino sobre la mermelada.

–¡*Tocino!* –exclamó Víctor–. ¡Con *mermelada de naranja!*

–Ya lo sé. Pero espera a probarlo. Es delicioso.

Saqué el zumo de pomelo y me bebí dos vasos. Puse otro sobre la mesa para cuando Mary bajase. Enchufé la cafetera eléctrica, metí el pan en la tostadora y empecé a freír el tocino. En eso estaba cuando Mary entró en la cocina. Llevaba una prenda de gasa vaporosa, color melocotón, encima del camisón.

–Buenos días –dije, observándola por encima del hombro mientras manipulaba la sartén.

No contestó. Se dirigió hacia la silla que solía ocupar ante la mesa de la cocina y se sentó. Luego empezó a beberse el zumo de pomelo. No me miró ni miró a los chicos. Seguí friendo el tocino.

–Hola, mami –dijo Wally.

Tampoco esta vez contestó.

El olor de la grasa del tocino empezaba a revolverme el estómago.

–Me apetecería un poco de café –dijo Mary, sin apartar los ojos de la mesa. Su voz resultaba muy extraña.

–Marchando –dije.

Aparté la sartén del fuego y rápidamente preparé una taza de café instantáneo sin leche. Luego la coloqué ante ella.

–Muchachos –dijo Mary, dirigiéndose a los niños–. ¿Os importaría ir a leer en otra parte hasta que el desayuno esté preparado?

–¿Nosotros? –dijo Víctor–. ¿Por qué?

–Porque yo lo digo.

–¿Estamos haciendo algo malo? –preguntó Wally.

–No, cariño, no. Simplemente quiero estar a solas con papá un momento.

Sentí que me encogía dentro del pellejo y me entraron ganas de salir corriendo. Quería salir pitando por la puerta principal, correr calle abajo y esconderme en alguna parte.

–Sírvete una taza de café, Vic –dijo Mary– y siéntate.

Su voz era completamente inexpresiva. No había enfado en ella. Simplemente no había nada. Y seguía sin mirarme directamente. Los chicos salieron llevándose consigo la parte del periódico donde estaban las historietas de dibujos.

—Cerrad la puerta —les dijo Mary.

Eché una cucharadita de café en polvo en mi taza y vertí agua hirviendo encima. Después añadí leche y azúcar. El silencio era apabullante. Me acerqué a la mesa y me senté ante Mary. Tuve la sensación de haberme sentado en la silla eléctrica.

—Escúchame, Vic —dijo ella, mirando el interior de su taza de café—. Quiero dejar esto bien sentado antes de que pierda el dominio de mí misma y no pueda decirlo.

—¡Por el amor de Dios! ¿A qué viene tanto drama? —pregunté—. ¿Ha ocurrido algo?

—Sí, Vic, ha ocurrido algo.

—¿Qué?

Estaba pálida, inexpresiva y distante, inconsciente de la cocina a su alrededor.

—Adelante, pues, ¡desembucha! —dije, haciendo acopio de valor.

—Lo que voy a decir no te gustará mucho —dijo y sus ojos grandes y azules, obsesionados, se posaron unos instantes en mi cara antes de clavarse de nuevo en la taza de café.

—¿Qué es eso que no va a gustarme mucho? —pregunté.

El terror empezaba a revolverme las tripas. Me sentía igual que los ladrones de los que me hablara el policía.

—Ya sabes que detesto hablar de hacer el amor y de esa clase de cosas —dijo—. No te he hablado ni una sola vez de ello en todo el tiempo que llevamos casados.

—Es verdad —dije.

Bebió un sorbo de café, pero sin paladearlo.

—La verdad es —dijo— que nunca me ha gustado. Si de veras quieres saberlo, es algo que siempre he detestado.

—¿Qué es lo que siempre has detestado? —pregunté.

—El sexo —dijo—. Hacerlo.

—¡Santo Dios! —exclamé.

–Nunca me ha proporcionado siquiera un ápice de placer.

La declaración resultaba demoledora de por sí, pero lo peor aún no había llegado. Estaba seguro de ello.

–Lo lamento si te has llevado una sorpresa –añadió.

No se me ocurrió nada que decir, así que permanecí callado.

Sus ojos volvieron a apartarse de la taza y se clavaron en los míos, vigilantes, como si estuviesen calculando algo, luego se posaron de nuevo en la taza.

–No pensaba decírtelo jamás –prosiguió–. Y nunca te lo hubiera dicho de no ser por lo de anoche.

–¿Qué ocurrió anoche? –pregunté despacio.

–Pues anoche –dijo– averigüé la verdad de todo el asunto.

–¿De veras?

Me miró directamente; su cara estaba abierta como una flor.

–Sí –dijo–. Tal como te digo.

No me moví.

–¡Cariño! –exclamó, levantándose de un salto, abalanzándose sobre mí y dándome un beso enorme–. ¡Muchísimas gracias por lo de anoche! ¡Estuviste maravilloso! ¡Y yo estuve maravillosa! ¡Los dos estuvimos maravillosos! ¡No pongas esa cara tan azorada, cariño mío! ¡Deberías sentirte orgulloso de ti mismo! ¡Estuviste fantástico! ¡Te quiero! ¡Te quiero! ¡Te quiero!

Seguí sentado, sin reaccionar.

Se inclinó ante mí y me rodeó los hombros con un brazo.

–Y ahora –dijo dulcemente–. Ahora que has... no sé muy bien cómo decirlo... ahora que has descubierto qué es lo que *necesito*... ¡a partir de ahora todo va a ser maravilloso!

Seguí inmovilizado en la silla. Mary regresó lentamente a la suya. Una gruesa lágrima surcaba una de sus mejillas. No acerté a explicarme el porqué.

–He hecho bien en decírtelo, ¿verdad? –dijo, sonriendo a través de sus lágrimas.

–Sí –dije–. Desde luego.

Me levanté y me acerqué a la cocina eléctrica para no tener que mirarla cara a cara. Por la ventana de la cocina vi a Jerry que cruzaba su jardín con el periódico dominical bajo el brazo. Había cierto ritmo alegre en su caminar, una especie de saltito de triunfo en cada paso que daba y, al llegar a los escalones del porche, los subió de dos en dos.

EL ÚLTIMO ACTO

Anna estaba en la cocina lavando una lechuga para la cena cuando llamaron a la puerta. La campanita del timbre estaba en la pared directamente encima del fregadero y nunca dejaba de sobresaltarla cuando sonaba estando ella cerca. Por esta razón ni su marido ni sus hijos utilizaban el timbre. Esta vez pareció sonar más fuerte, por lo que Anna pegó un bote mayor que de costumbre.

Al abrir la puerta, se encontró con dos policías en el umbral. La miraron con sus rostros pálidos, como de cera, y ella les devolvió la mirada esperando que dijesen algo.

Siguió mirándolos, pero no hablaron ni hicieron el menor movimiento. Estaban tan quietos y rígidos que parecían un par de figuras de cera que algún bromista hubiese colocado en la puerta. Los dos sostenían el casco ante sí con ambas manos.

–¿Qué desean? –preguntó Anna.

Ambos eran jóvenes y llevaban guantes de piel que les llegaban hasta los codos. Anna vio sus enormes motocicletas aparcadas junto al bordillo, detrás de ellos, y las hojas muertas caían alrededor de las motos y el viento se las llevaba acera abajo y toda la calle brillaba bajo la luz amarilla de una tarde de septiembre despejada y ventosa. El más alto de los dos policías se movió nerviosamente y con voz apagada dijo:

97

–¿Es usted mistress Cooper, señora?

–Sí.

–¿Mistress Edmund J. Cooper? –dijo el otro.

–Sí.

Y entonces Anna empezó a comprender lentamente que aquellos hombres, ninguno de los cuales parecía ansioso por explicar su presencia allí, no se comportarían de aquel modo a menos que tuvieran que cumplir con alguna obligación desagradable.

–Mistress Cooper –oyó que decía uno de ellos y, por la forma en que lo dijo, dulcemente, como si tratara de consolar a un niño enfermo, adivinó en seguida que iba a decirle algo terrible. Una oleada de pánico se apoderó de ella.

–¿Qué ha pasado? –dijo.

–Tenemos que comunicarle, mistress Cooper...

El policía hizo una pausa y la mujer, mientras le observaba, sintió como si todo su cuerpo se encogiese más y más dentro de su piel.

–...que su marido ha tenido un accidente en el Hudson River Parkway, aproximadamente a las seis menos cuarto de esta tarde, y murió en la ambulancia...

El policía que estaba hablando se sacó del bolsillo el billetero de piel de cocodrilo que Anna había regalado a Ed con motivo del vigésimo aniversario de su boda, hacía de ello dos años, y al alargar la mano para cogerlo, Anna se preguntó si aún estaría caliente por haber permanecido cerca del pecho de su marido hacía sólo un rato.

–Si hay algo que podamos hacer –decía el policía–, como llamar a alguien para que venga... algún amigo o pariente, por ejemplo...

Anna oyó que la voz del agente se alejaba y después se apagaba por completo y debió de ser más o menos en aquel momento cuando empezó a gritar. Pronto se puso histérica y los dos policías se las vieron y desearon para controlarla hasta que, al cabo de unos cuarenta minutos, llegó el médico y le inyectó algo en el brazo.

Sin embargo, no se sentía mejor cuando despertó a la mañana siguiente. Ni el médico ni sus hijos consiguieron hacerla entrar en razón y, si no le hubieran administrado calmantes de forma casi continua durante los días siguientes, sin duda se habría quitado la vida. Durante los breves períodos de lucidez entre un calmante y el siguiente se comportaba como si fuera una demente, llamando a su marido por su nombre y diciéndole que se reuniría con él tan pronto como le fuera posible. Resultaba terrible escucharla. Pero, en descargo suyo, hay que aclarar en seguida que el marido que había perdido no tenía nada de corriente.

Anna Greenwood se había casado con Ed Cooper cuando ambos tenían dieciocho años y, durante el tiempo que vivieron juntos, llegaron a estar más unidos y a depender más el uno del otro de lo que cabe describir con palabras. A cada año que pasaba, su amor se hacía más intenso y abrumador y, hacia el final, había llegado a tal extremo que les resultaba casi imposible soportar la separación diaria que representaba el hecho de que Ed se fuese a la oficina todas las mañanas. Cuando regresaba por la noche, recorría como un loco toda la casa buscándola, y ella, que había oído el golpe de la puerta principal al cerrarse, dejaba lo que tuviera entre manos y salía corriendo a recibirle, chocando con él de cabeza, impetuosamente, a toda velocidad, en mitad de la escalera, en el descansillo o entre la cocina y el vestíbulo; y, al encontrarse, Ed la tomaba entre sus brazos y la besaba y abrazaba durante varios minutos seguidos, como si se hubiesen casado el día antes. Era maravilloso. Era tan increíblemente maravilloso que a uno poco le cuesta comprender que Anna no tuviera deseo ni ánimos de seguir viviendo en un mundo en el que su marido ya no existía.

Sus tres hijos, Angela (veinte años), Mary (diecinueve) y Billy (diecisiete y medio) permanecieron constantemente cerca de ella desde el principio de la catástrofe. Adoraban a su madre y, ciertamente, no tenían la menor intención de permitir que se suicidase si podían evitarlo. Trabajaron de firme y con amorosa desesperación para convencerla de que la vida todavía podía valer la pena, y a ellos y nadie más que a ellos se debió que, al final, Anna lograra salir de la pesadilla y volviera poco a poco a la normalidad.

Cuatro meses después del desastre, los médicos declararon que se encontraba «moderadamente fuera de peligro» y Anna pudo entregarse de nuevo, si bien con cierta apatía, a la labor rutinaria de llevar la casa, hacer la compra y preparar las comidas para sus hijos.

Pero, ¿qué sucedió luego?

Antes de que se derritieran las nieves del invierno, Angela se casó con un joven de Rhode Island y se fue a vivir a los alrededores de Providence.

Al cabo de unos meses, Mary contrajo matrimonio con un gigante rubio de una ciudad de Minnesota llamada Slayton y voló del nido para siempre y siempre y siempre. Y, aunque el corazón de Anna empezaba a romperse de nuevo en multitud de pedacitos, se enorgullecía al pensar que ninguna de las dos chicas tenía la menor idea de lo que le estaba sucediendo. («¡Oh, mamá! ¿Verdad que es maravilloso?». «Sí, querida, creo que es la boda más hermosa que jamás se haya celebrado. ¡Incluso me siento más emocionada que tú!» etc., etc.).

Y luego, para rematar el asunto, su querido Billy, que acababa de cumplir los dieciocho, se fue de casa para iniciar sus estudios en Yale.

Así que, de pronto, Anna se encontró viviendo en una casa completamente vacía.

Después de veintitrés años de ruidosa, ajetreada y mágica vida familiar, resulta espantoso bajar a desayunar a solas por las mañanas, permanecer sentada en silencio ante una taza de café y una tostada y preguntarse qué vas a hacer durante el día que acaba de empezar. La habitación en que te encuentras, que ha oído tantas risas, visto tantos cumpleaños, tantos árboles de Navidad, tantos regalos en el momento de ser abiertos, ahora está en silencio y resulta curiosamente fría. La calefacción se nota en el aire y la temperatura en sí misma es normal, pero la habitación sigue dándote escalofríos. El reloj se ha parado porque no eras tú la encargada de darle cuerda. Una de las sillas está torcida y te quedas mirándola fijamente, preguntándote por qué no te habías fijado en ello anteriormente. Y, de pronto, cuando vuelves a levantar la mirada, te invade el pánico porque te parece que las paredes han avanzado lentamente, muy lentamente, hacia ti cuando no mirabas.

Al principio, Anna cogía la taza de café, se sentaba junto al teléfono y empezaba a llamar a sus amigas. Pero todas tenían marido e hijos y, aunque siempre se mostraban tan simpáticas, comprensivas y alegres como podían, sencillamente no disponían de tiempo para charlar a primera hora de la mañana con una señora desolada. Así, pues, en vez de llamar a las amigas, empezó a llamar a sus hijas casadas.

También ellas se mostraron dulces y amables con su madre cada vez que las llamaba, pero Anna detectó muy pronto un cambio sutil en las actitudes que ante ella adoptaban sus hijas. Ya no era la persona más importante de sus vidas. Ahora tenían marido y en él concentraban toda su atención. Con dulzura y con firmeza iban empujando a su madre hacia un segundo plano. El disgusto de Anna fue grande. Pero comprendió que tenían razón. Toda la razón. Ya no tenía derecho a entrometerse en sus vidas o a hacerlas sentirse culpables por descuidarla.

Veía al doctor Jacobs regularmente, pero en realidad no le servía de ayuda. El doctor trataba de hacerla hablar y ella hacía todo lo posible por complacerle y, a veces, el doctor le soltaba discursitos llenos de indirectas sobre el sexo y la sublimación. Anna nunca llegó a entender del todo adonde quería ir a parar el doctor, pero, al parecer, lo esencial de sus prédicas consistía en que Anna debía buscarse otro hombre.

Adquirió la costumbre de vagar por la casa y acariciar las cosas que pertenecieran a Ed. Cogía uno de sus zapatos, metía la mano dentro y palpaba las pequeñas cavidades que la parte redonda de la planta y los dedos habían hecho en la suela. Encontró un calcetín agujereado y fue indescriptible el placer que sintió al remendarlo. De vez en cuando, sacaba del armario una camisa, una corbata y un traje y los colocaba sobre la cama, listos para que Ed se los pusiese, y, una vez, un domingo lluvioso, preparó un estofado a la irlandesa...

Era inútil seguir así.

Así que, ¿cuántas píldoras necesitaría para tener la certeza absoluta de que esta vez le saliera bien? Subió al piso de arriba y contó las que contenía su botiquín secreto. Sólo había nueve. ¿Serían suficientes? Lo dudaba. Oh, demonios. La única cosa que no estaba dispuesta a soportar de nuevo era el fracaso: que la llevasen corriendo al hospital, le hicieran un lavado de estómago, el séptimo piso del Payne Whitney Pavillion, los psiquiatras, la humillación, la sordidez de todo el asunto...

En vista de ello, tendría que utilizar una hoja de afeitar. Pero lo malo de la hoja de afeitar era que había que hacer las cosas como es debido. Muchas personas fracasaban estrepitosamente cuando trataban de abrirse las muñecas con una hoja de afeitar. De hecho, casi todas fracasaban; no hacían un corte suficientemente profundo. Sencillamente era necesario llegar a una arteria grande que había allí debajo. Las venas no servían. Las venas sangraban mucho, pero nunca daban el resultado apetecido. Además, la hoja de afeitar resultaba difícil de manejar cuando una tenía que hacer una incisión firme, apretándola hasta llegar muy hondo. Pero ella no fracasaría. Los que fracasaban eran los que en realidad *querían* fracasar. Ella quería tener éxito.

Buscó hojas de afeitar en el armarito del cuarto de baño. No había ninguna. La maquinilla de Ed seguía allí y la suya también. Pero ninguna de ellas tenía hojas y no había ningún paquete por allí. Era comprensible. Las cosas de aquel tipo habían desaparecido de la casa en una ocasión anterior. Pero eso no representaba ningún problema. Cualquiera podía comprar un paquete de hojas de afeitar.

Volvió a la cocina y descolgó el calendario de la pared. Eligió el 23 de septiembre, que era el cumpleaños de Ed, y escribió «ha» (hojas de afeitar) al lado de la fecha. Esto lo hizo el 9 de septiembre, lo cual le dejaba exactamente dos semanas de tiempo para poner en orden sus asuntos. Había mucho que hacer: facturas viejas que pagar, redactar un nuevo testamento, arreglar la casa, solucionar el pago de la matrícula de Billy durante los cuatro años siguientes, escribir cartas a los hijos, a sus propios padres, a la madre de Ed, etcétera.

No obstante, a pesar de tantas ocupaciones, aquellas dos semanas, aquellos catorce días largos, transcurrían demasiado despacio para su gusto. Sentía fuertes deseos de utilizar la hoja de afeitar cada mañana, cuando contaba los días que faltaban. Era como un niño contando los días que faltan para Navidad. Porque, adondequiera que Ed Cooper hubiese ido al morir, aunque sólo fuese a la tumba, Anna estaba impaciente por reunirse con él.

Fue a mediados de este período de dos semanas cuando recibió la visita de su amiga Elizabeth Paoletti, a las ocho y media de la mañana. En aquel momento Anna estaba preparándose café en la cocina y pegó un bote al sonar el timbre y otro más cuando oyó un segundo timbrazo.

Liz entró majestuosamente por la puerta principal, hablando sin parar, como de costumbre.

—¡Anna, mi querida amiga, necesito tu ayuda! En la oficina todo el mundo ha pillado la gripe. ¡Tienes que venir! ¡No discutas conmigo! Me consta que sabes escribir a máquina y que en todo el santo día no tienes nada que hacer salvo sentirte deprimida. Coge el sombrero y el bolso y ven conmigo. ¡Date prisa, chica, date prisa! ¡Ya se me ha hecho tarde!

–Márchate, Liz. Déjame en paz –dijo Anna.

–Tengo el taxi esperando –dijo Liz.

–Por favor –dijo Anna–. No trates de obligarme. No iré contigo.

–Vaya si vendrás –dijo Liz–. Tienes que sobreponerte. Tus días de glorioso martirio ya han pasado.

Anna siguió resistiéndose, pero Liz pudo más que ella y, al final, accedió a acompañarla, aunque sólo por unas horas.

Elizabeth Paoletti dirigía una sociedad para la adopción de niños, una de las mejores de la ciudad. Nueve de sus empleados estaban en cama con gripe. Sólo quedaban dos, sin contar a la propia Elizabeth.

–No sabes nada del trabajo que hacemos –dijo Elizabeth en el taxi–, pero tendrás que hacer cuanto puedas por ayudarnos...

La oficina parecía un manicomio. Los teléfonos se bastaron por sí solos para llevar a Anna al borde de la locura. Corría de un lado a otro, tomando recados que no entendía. Y en la sala de espera había muchachas, muchachas con cara de piedra, cenicienta, y una parte de las obligaciones de Anna consistía en mecanografiar sus respuestas en un formulario oficial.

–¿El nombre del padre?

–No lo sé.

–¿No tiene idea?

–¿Qué tiene que ver con ello el nombre del padre?

–Querida, si se sabe quién es el padre, entonces hay que obtener su consentimiento, además del suyo, antes de que podamos ofrecer al pequeño para que lo adopten.

–¿Está completamente segura de eso?

–¿No se lo acabo de decir?

A la hora de almorzar alguien le trajo un bocadillo, pero no tuvo tiempo para comérselo. A las nueve de la noche, agotada y famélica y considerablemente turbada por algunos de los conocimientos adquiridos durante el día, Anna regresó a casa, se tomó una copa bien cargada, frió unos huevos y un poco de tocino y se acostó.

–Te recogeré a las ocho de la mañana –le había dicho Liz–. Y por el amor de Dios, estáte preparada para salir.

Anna estaba preparada. Y, a partir de aquel momento, quedó enganchada.

Así fue de sencillo.

Todo lo que había necesitado desde el principio era un empleo que la obligase a trabajar de firme, y un buen número de problemas que resolver, los problemas de otras personas en lugar de los suyos propios.

El trabajo era arduo y, a menudo, demoledor desde el punto de vista emocional, pero Anna se sentía constantemente absorbida por él y en el plazo de un año y medio –hemos dado un salto hacia adelante– empezó a sentirse moderadamente feliz otra vez. Cada vez le resultaba más difícil recordar vívidamente a su marido, verle exactamente cómo era cuando subía corriendo las escaleras en su busca o cuando se sentaba a la mesa para cenar. El sonido exacto de su voz se hacía cada vez menos fácil de recordar e incluso la cara misma, a menos que la viera en una fotografía, ya no estaba claramente grabada en su recuerdo. Todavía pensaba en él continuamente, pero comprobó que podía hacerlo sin prorrumpir en llanto y. al echar la mirada hacia atrás y ver la forma en que se había comportado hacía algún tiempo, se sentía ligeramente avergonzada. Comenzó a tomarse cierto interés por el vestir y por su pelo, volvió a utilizar el lápiz de labios y a afeitarse el vello de las piernas. Disfrutaba comiendo y, cuando la gente le sonreía, ella les devolvía la sonrisa y era una sonrisa sincera. Dicho de otro modo, había vuelto a la vida. Se alegraba de estar viva.

Fue entonces cuando Anna tuvo que ir a Texas por un asunto de la oficina.

Normalmente, la oficina de Liz no extendía sus operaciones más allá de los límites del estado, pero en este caso un matrimonio que había adoptado un bebé a través de la agencia, más tarde se había marchado de Nueva York para vivir en Texas. Y ahora, a los cinco meses del traslado, la esposa había escrito diciendo que ya no quería tener al pequeño con ella. Su marido había muerto de un ataque cardíaco al poco de afincarse en Texas. La mujer se había vuelto a casar casi en seguida y al nuevo marido «le resultaba imposible ajustarse a un bebé adoptado...»

La situación era seria y, aparte del bienestar del pequeño, entrañaba un sinfín de obligaciones legales.

Anna fue a Dallas en un avión que salió de Nueva York muy temprano y llegó antes de la hora de desayunar. Después de registrarse en el hotel se pasó las ocho horas siguientes con las personas interesadas en el asunto, y, cuando hubo hecho todo lo que podía hacer aquel día, ya eran cerca de las cuatro y media de la tarde y se sentía totalmente agotada. Cogió un taxi para volver al hotel y subió a su habitación. Telefoneó a Liz para informarla de la situación, luego se desnudó y se pasó un buen rato sumergida en un baño caliente. Después se envolvió en una toalla y se echó en la cama para fumar un cigarrillo.

Hasta el momento sus esfuerzos en bien de la criatura no habían dado resultado. En la reunión habían estado presentes dos abogados que la habían tratado con un desprecio absoluto. ¡Cómo los odiaba! Detestaba su arrogancia y sus insinuaciones, hechas con voz suave, en el sentido de que nada que ella pudiese hacer tendría la menor importancia para su cliente. Uno de ellos permaneció con los pies sobre la mesa durante toda la entrevista y ambos tenían rodillos de grasa en el estómago que colgaban por encima del cinturón con que se sujetaban los pantalones.

Anna ya había visitado Texas muchas veces, pero aquella era la primera vez que lo hacía sola. Sus anteriores visitas habían sido siempre acompañando a Ed en sus viajes de negocios; y, durante aquellas visitas, ella y Ed habían hablado a menudo de los téjanos en general y de lo difícil que resultaba simpatizar con ellos. Uno podía hacer caso omiso de su grosería y de su vulgaridad. No se trataba de eso. Pero, al parecer, entre aquella gente subsistía aún cierta crueldad, algo brutal, severo, inexorable que era imposible perdonarles. Ignoraban la compasión, la piedad, la ternura. La única virtud que poseían –y que exhibían ostentosa e incesantemente ante los forasteros– era una especie de benevolencia profesional. Iban literalmente cubiertos de ella. Sus voces, sus sonrisas, eran sonoras y espesas como el jarabe. Pero a Anna la dejaban fría. La dejaban fría, muy fría, por dentro.

–¿Por qué son tan aficionados a pasar por tipos duros? –solía preguntar.

–Porque son unos críos –le contestaba Ed–. Son unos críos peligrosos que van por ahí tratando de imitar a sus abuelos. Sus abuelos fueron pioneros, de veras lo fueron. Ellos no lo son.

Aquellos téjanos actuales parecían vivir siguiendo una especie de voluntad egoísta, empujando y siendo empujados. Todo el mundo empuja. Todo el mundo era empujado. Y daba lo mismo que el forastero que se encontrase entre ellos se apartara un poco y anunciase firmemente: «*No* quiero empujar *y no* quiero que me empujen». Eso era imposible. Era especialmente imposible en Dallas. De todas las ciudades del estado, Dallas era la que siempre había turbado más a Anna. Le parecía una ciudad tan impía, una ciudad tan rapaz, cerrada, férrea e impía. Era una ciudad enloquecida por su propio dinero y no había oropeles ni falsos adornos culturales ni palabrería zalamera capaces de disimular el hecho de que la gran fruta dorada estaba podrida por dentro.

Anna seguía echada en la cama envuelta en la toalla de baño. Esta vez se hallaba sola en Dallas. Con ella no había ningún Ed que pudiese envolverla con su fuerza y amor increíbles; y quizás fuese por esto por lo que, de pronto, empezó a sentirse algo inquieta. Encendió un segundo cigarrillo y esperó que la inquietud se disipara. No se disipó; empeoró. El temor empezaba a hacerle una especie de nudo, a la vez pequeño y fuerte, en la boca del estómago, un nudo que iba creciendo y creciendo. Era una sensación desagradable, la clase de sensación que podía experimentarse hallándose a solas en casa, de noche, y oyendo, o creyendo oír, pasos en la habitación de al lado.

En aquel lugar había un millón de pasos y Anna podía oírlos todos.

Se levantó de la cama y se acercó a la ventana, envuelta aún en la toalla. Su habitación se hallaba en el piso veintidós y la ventana estaba abierta. La gran ciudad se extendía, pálida y lechosa, bajo la luz del crepúsculo. Abajo, la calle aparecía abarrotada de automóviles. La acera estaba llena de gente. Todo el mundo regresaba con prisas a casa después del trabajo, empujando y recibiendo empujones. Anna sintió necesidad de un amigo. En aquel momento deseaba intensamente tener alguien con quien hablar. Le hubiera gustado poder ir a una casa, una casa donde hubiese una familia: una esposa y un marido y niños y habitaciones llenas de juguetes y el marido y la esposa la acogerían con los brazos abiertos en la puerta principal y exclamarían «¡Anna! ¡Dichosos los ojos! ¿Cuánto tiempo podrás quedarte? ¿Una semana? ¿Un mes? ¿Un año?»

De pronto, como suele suceder en situaciones parecidas, su memoria hizo *clic* y en voz alta Anna dijo:

—¡Conrad Kreuger! ¡Santo Dios! Conrad vive en Dallas... o al menos vivía aquí...

No había visto a Conrad desde que iban a la misma clase de la escuela superior en Nueva York. Por aquel entonces ambos tenían unos diecisiete años y Conrad era su galán, su amor, su todo. Durante más de un año salieron juntos y se hicieron promesas mutuas de lealtad eterna, incluyendo el matrimonio en un futuro cercano. Luego Ed Cooper había aparecido repentinamente en su vida y eso, como es lógico, había sido el fin de su romance con Conrad. Pero Conrad no pareció tomarse la ruptura muy a pecho. Desde luego no debió *destrozarle,* ya que, antes de que transcurrieran uno o dos meses, comenzó a ir en serio con otra chica de la clase...

¿Cómo se llamaba aquella chica?

Era una muchacha alta y guapa, de busto espléndido y cabellera roja y llameante. Y tenía un nombre extraño, un nombre muy anticuado. ¿Cuál era? ¿Arabella? No, no era Arabella. Pero sí Ara-algo. ¿Araminty? ¡Sí! ¡Se llamaba Araminty! Y lo que es más, en el plazo de un año aproximadamente, Conrad Kreuger se había casado con Araminty y se la había llevado a Dallas, su ciudad natal.

Anna se acercó a la mesita de noche y cogió la guía telefónica.

Kreuger, Conrad P., Doctor en Medicina.

Ese era Conrad; no había duda. Siempre había dicho que quería ser médico. La guía indicaba el número del consultorio y el número del domicilio particular.

¿Debía telefonearle?

¿Por qué no?

Consultó su reloj. Eran las cinco y veinte. Descolgó el aparato y dio el número del consultorio.

—Consultorio del doctor Kreuger —dijo una voz de mujer joven.

—Oiga —dijo Anna—. ¿Está el doctor Kreuger?

—El doctor está ocupado en este momento. ¿Quién llama, por favor?

—¿Tendrá la amabilidad de decirle que ha llamado Anna Greenwood?

—¿Quién?

—Anna Greenwood.

—Sí, miss Greenwood. ¿Quería pedir hora?

—No, gracias.

—¿Hay algo que pueda hacer por usted?

Anna le dio el nombre del hotel y le pidió que se lo pasara al doctor Kreuger.

–Lo haré con mucho gusto –dijo la secretaria–. Adiós, miss Greenwood.

–Adiós –dijo Anna.

Se preguntó si el doctor Conrad P. Kreuger se acordaría de su nombre después de tantos años. Se dijo que era lo más probable. Volvió a echarse sobre la cama y trató de recordar cómo era Conrad en sus tiempos de estudiante. Extraordinariamente guapo, desde luego. Alto... delgado... hombros anchos... cabello de un negro casi puro... y un rostro maravilloso... un rostro recio y esculpido como uno de aquellos héroes griegos, Perseo o Ulises. Sobre todo, no obstante, era un muchacho muy dulce, un muchacho serio, decente, callado, dulce. Nunca la había besado mucho... sólo al despedirse de ella cuando caía la noche. Y nunca se había empeñado en sobarla, como hacían todos los demás. El sábado por la noche, cuando la acompañaba a casa al salir del cine, solía aparcar su viejo Buick delante de la puerta de Anna y se quedaba sentado junto a ella, dentro del coche, hablando y hablando del futuro, de su futuro y del futuro de Anna, y diciéndole que volvería a Dallas y se convertiría en un médico famoso. El hecho de que él no hubiese intentado el toqueteo y todas las demás tonterías que los acompañaban la había impresionado muchísimo. «Me respeta», solía decirse. «Me quiere». Y probablemente así era. En todo caso, era un hombre simpático, simpático y bueno. Y, de no haber sido porque Ed Cooper era un hombre supersimpático y superbueno, estaba segura de que se habría casado con Conrad Kreuger.

Sonó el teléfono. Anna descolgó el aparato.

–Sí –dijo–. Diga.

–¿Anna Greenwood?

–¡Conrad Kreuger!

–¡Mi querida Anna! ¡Qué fantástica sorpresa! ¡Dios mío! Después de tantos años...

110

–Ha pasado mucho tiempo, ¿verdad?

–Toda una vida. Tu voz suena exactamente igual.

–La tuya también.

–¿Qué te trae a nuestra hermosa ciudad? ¿Vas a quedarte mucho tiempo?

–No. Tengo que regresar mañana. Espero que no te importe que te haya llamado.

–¡Claro que no, Anna! Estoy encantado. ¿Estás bien?

–Sí, estoy bien. Estoy bien ahora. Lo pasé muy mal al morir Ed.

–¿Qué?

–Murió en un accidente de automóvil hace dos años y medio.

–¡Caramba, Anna, lo siento muchísimo! ¡Qué terrible debió de ser! No... no sé qué decirte...

–No digas nada.

–¿Ahora estás bien?

–Sí. Trabajo como una esclava.

–Esa es la chica que...

–¿Cómo... cómo está Araminty?

–Oh, muy bien.

–¿Tenéis hijos?

–Uno –dijo él–. Un chico. ¿Y tú?

–Yo tengo tres, dos chicas y un chico.

–¡Vaya, vaya! ¡Qué te parece! Escúchame, Anna...

–Te escucho.

–Podría dejarme caer por el hotel y tomar una copa contigo. Me gustaría. Apuesto a que no has cambiado nada.

–Estoy vieja, Conrad.

–Mientes.

–Y me siento vieja también.

–¿Quieres un buen médico?

–Sí. Es decir, no. Claro que no. No quiero saber nada más de médicos. Lo único que necesito es... pues...

–¿Sí?

—Este lugar me preocupa, Conrad. Supongo que necesito un amigo. Eso es todo lo que necesito.

—Pues ya lo tienes. Sólo me falta un paciente por ver y luego estaré libre. Me reuniré contigo en el bar, el salón no sé qué, se me ha olvidado el nombre, a las seis, más o menos dentro de media hora. ¿Te va bien?

—Sí —dijo ella—. Por supuesto. Y... gracias, Conrad.

Colgó el aparato, se levantó de la cama y empezó a vestirse. Se sentía ligeramente aturdida. Desde la muerte de Ed no había salido sola a tomar una copa con ningún hombre. Al doctor Jacobs le complacería saberlo cuando se lo contase a su vuelta. No se desharía en felicitaciones, pero no hay duda de que se sentiría complacido. Diría que había sido un paso en la dirección apropiada, un principio. Seguía viendo al doctor Jacobs regularmente y, ahora que se encontraba mucho mejor, sus indirectas se habían hecho menos indirectas y en más de una ocasión le había dicho que sus depresiones y tendencias suicidas nunca desaparecerían del todo hasta que hubiese «reemplazado» a Ed por otro hombre.

—Pero es imposible reemplazar a una persona a la que una ha querido con locura —le había dicho Anna la última vez que el doctor sacara el asunto a colación—. ¡Cielo santo, doctor, cuando a mistress Crummlin-Brown se le murió el periquito el mes pasado, el *periquito,* fíjese bien, no su marido, se llevó tal disgusto que juró que nunca más volvería a tener un pájaro!

—Mistress Cooper —le había dicho el doctor Jacobs—, normalmente uno no tiene relaciones sexuales con un periquito.

—No, claro, pero...

—Por esto no tiene que ser reemplazado. Pero cuando muere el esposo y la esposa es todavía una mujer activa y sana, invariablemente se buscará un sustituto al cabo de tres años si le es posible. Y viceversa.

El sexo. Prácticamente era la única cosa en la que pensaban los doctores de aquella clase. Tenía el sexo metido en el cerebro.

Cuando Anna terminó de vestirse y tomó el ascensor para bajar al vestíbulo, eran ya las seis y diez minutos.

En el instante en que entró en el bar un hombre se levantó de una de las mesas. Era Conrad. Seguramente estaba vigilando la puerta. Se acercó a recibirla. Sonreía nerviosamente. Anna también sonreía. Uno siempre sonríe en estos casos.

–Vaya, vaya –dijo Conrad– .Vaya, vaya, vaya.

Y Anna, esperando el acostumbrado pellizco en la mejilla, acercó su cara sonriente a la de Conrad. Pero se había olvidado de lo estirado que era él. Conrad se limitó a cogerle una mano y estrechársela, una sola vez.

–¡Menuda sorpresa me has dado! Vamos a sentarnos a una mesa.

El bar era igual que todos los bares. La iluminación era tenue y había numerosas mesitas. Había un platito con cacahuetes en cada una de ellas y bancos tapizados de cuero a lo largo de todas las paredes. Los camareros vestían chaqueta blanca y pantalones granate. Conrad la llevó a una mesita de un rincón y se sentaron el uno frente al otro. Al instante se les acercó un camarero.

–¿Qué vas a tomar? –preguntó Conrad.

–¿Podría tomarme un martini?

–Desde luego. ¿Con vodka?

–No, con ginebra, por favor.

–Un martini con ginebra –dijo Conrad al camarero–. No. Que sean dos. Nunca he sido muy dado a la bebida, Anna, como probablemente recordarás, pero creo que esto merece celebrarlo.

El camarero se alejó de la mesa. Conrad se reclinó en la silla y la observó atentamente.

–Tienes muy buen aspecto –dijo.

–También tú lo tienes, Conrad –dijo ella.

Y era verdad. Resultaba asombroso lo poco que había envejecido en veinticinco años. Estaba tan delgado y guapo como siempre, tal vez más aún. Su pelo seguía siendo negro, su mirada era limpia y en conjunto no aparentaba más de treinta años.

–Tú eres mayor que yo, ¿no es así? –preguntó él.

–¡Qué cosas preguntas! –exclamó ella, riéndose–. Sí, Conrad, te llevó exactamente un año. Tengo cuarenta y dos.

–Ya me lo parecía.

Conrad seguía observándola con gran atención, escudriñándole la cara, el cuello y los hombros. Anna se dio cuenta de que empezaba a ruborizarse.

–¿Tienes un éxito enorme como médico? –preguntó ella–. ¿Eres el mejor de la ciudad?

Conrad ladeó la cabeza hasta que la oreja estuvo a punto de rozarle el hombro. Era un gesto que a Anna siempre le había gustado.

–¿Éxito? –dijo él–. Hoy día cualquier médico puede tener éxito en una gran ciudad... desde el punto de vista económico. Pero si soy o no uno de los mejores de la profesión es algo totalmente distinto. Espero y ruego que así sea.

Llegó el camarero con las bebidas y Conrad alzó su copa y dijo:

–Bienvenida a Dallas, Anna. Estoy tan contento de que me hayas llamado. Es un placer volver a verte.

–Lo mismo digo, Conrad –contestó ella, sinceramente.

Conrad miró la copa de Anna. El primer sorbo había sido largo y la copa estaba medio vacía.

–¿Prefieres la ginebra al vodka? –preguntó él.

–Sí, en efecto –repuso Anna.

–Pues deberías pasarte al vodka.

–¿Por qué?

–Porque la ginebra no es buena para las mujeres.

–¿De veras?

–Les hace mucho daño.

–Estoy segura de que es igual de mala para los hombres.

–Pues en realidad no es así. Para nosotros no es ni la mitad de mala.

–¿Por qué es mala para las mujeres?

–Sencillamente porque lo es –dijo él–. Es debido a la forma en que estáis hechas. ¿A qué clase de trabajo te dedicas, Anna? ¿Y qué te ha traído a Dallas desde tan lejos? Háblame de ti.

–¿Por qué es mala la ginebra para las mujeres? –dijo Anna, sonriéndole.

Conrad sonrió también y meneó la cabeza, pero no contestó.

–Anda, dímelo.

–No. Dejémoslo.

–No puedes dejarme así colgada –dijo ella–. No es justo.

Después de una pausa, Conrad dijo:

–Bueno, si realmente quieres saberlo te lo diré. La ginebra contiene cierta cantidad del aceite que se obtiene exprimiendo las bayas de enebro. Lo utilizan para darle sabor.

–Y ese aceite, ¿qué hace?

–Muchas cosas.

–Sí, pero ¿cuáles?

–Cosas horribles.

–Vamos, Conrad, no seas tímido. Ya soy una chica crecidita.

Anna pensó que seguía siendo el Conrad de siempre, tan tímido y escrupuloso como en los viejos tiempos. Se alegró de que siguiera siendo de aquella manera.

–Si es cierto que esta bebida me está haciendo cosas horribles –dijo–, entonces eres muy poco amable si no me dices en qué consisten esas cosas.

Conrad le pellizcó dulcemente el lóbulo de la oreja izquierda con el pulgar y el índice de su mano derecha. Luego dijo:

–La verdad pura y simple, Anna, es que el aceite de enebro ejerce un efecto directo sobre el útero, un efecto inflamatorio.

–¡No será tanto!

–No estoy bromeando.

—Eso son cuentos de vieja.

—Me temo que no.

—En todo caso, estarás hablando de las mujeres embarazadas.

—Estoy hablando de todas las mujeres, Anna.

Conrad ya no sonreía y hablaba con la mayor seriedad. Parecía preocupado por el bienestar de Anna.

—¿Cuál es tu especialidad? —preguntó Anna—. ¿Qué clase de medicina ejerces? No me lo has dicho todavía.

—Ginecología y obstetricia.

—Ah, ya entiendo.

—¿Llevas muchos años bebiendo ginebra? —preguntó él.

—Pues unos veinte —replicó Anna.

—¿En cantidad?

—¡Por el amor de Dios, Conrad! ¡Deja de preocuparte por mis entrañas! Me apetece otro martini, por favor.

—Desde luego.

Conrad llamó al camarero y le dijo:

—Un martini con vodka.

—No —dijo Anna—, con ginebra.

Conrad suspiró, meneó la cabeza y dijo:

—Nadie hace caso a su médico hoy en día.

—Tú no eres mi médico.

—En efecto —dijo él—. Soy tu amigo.

—Hablemos de tu esposa —dijo Anna—. ¿Sigue siendo tan hermosa como siempre?

Conrad permaneció callado unos instantes y luego dijo:

—La verdad es que nos divorciamos.

—¡Oh, no!

—Nuestro matrimonio duró dos años en total. Incluso resultó difícil conseguir que durase tanto.

Por alguna razón Anna se sintió profundamente afectada.

—Pero si era una chica tan hermosa... —dijo—. ¿Qué ocurrió?

—Ocurrió todo lo malo que puedas imaginarte.

—¿Y el pequeño?

—Se lo quedó ella. Siempre ocurre igual —Conrad parecía muy amargado—. Se lo llevó con ella a Nueva York. Viene a verme una vez al año, en verano. Ahora tiene veinte años. Estudia en Princeton.

—¿Es un buen chico?

—Es un chico maravilloso —dijo Conrad—. Pero apenas le conozco. No resulta muy divertido.

—¿Y nunca volviste a casarte?

—No, nunca. Pero ya hemos hablado bastante de mí. Ahora hablemos de ti.

Poco a poco, dulcemente, Conrad fue sonsacándole cosas sobre su salud y sobre los malos tiempos que había pasado después de la muerte de Ed. Anna comprobó que no le importaba hablarle de aquellas cosas y, más o menos, le contó toda la historia.

—¿Pero qué induce a tu médico a creer que no estás completamente curada? —preguntó él—. No me pareces una persona con fuertes tendencias suicidas.

—No creo que las tenga. Sólo que, a veces, aunque no con frecuencia, desde luego, sólo muy de vez en cuando, cuando estoy deprimida, me pongo a pensar que no resultaría tan difícil como todo eso mudarme al otro barrio.

—¿De qué manera?

—Pues empiezo a acercarme poco a poco al botiquín del cuarto de baño.

—¿Qué guardas en ese botiquín?

—No mucho. Sólo las cosas corrientes que una chica necesita para afeitarse las piernas.

—Ya entiendo —Conrad le escudriñó la cara unos instantes, luego dijo—: ¿Es así cómo te sentías cuando me llamaste hace un rato?

—No exactamente. Pero había estado pensando en Ed. Y eso resulta siempre un poco peligroso.

117

–Me alegro de que me llamases.

–Yo también.

Anna estaba llegando al final del segundo martini. Conrad cambió de tema y se puso a hablar de su consultorio. Anna le observaba más que escuchaba. Era tan condenadamente guapo que resultaba imposible no observarle. Anna se puso un cigarrillo entre los labios y luego ofreció el paquete a Conrad.

–No, gracias –dijo él–. No fumo –cogió una caja de cerillas que había sobre la mesa y le encendió el cigarrillo; luego apagó el fósforo y dijo–: ¿Esos cigarrillos son mentolados?

–Sí.

Anna dio una larga chupada y luego expulsó lentamente el humo hacia arriba.

–Vamos, dilo de una vez. Dime que van a marchitarme todo el sistema reproductor –dijo.

Conrad se echó a reír y meneó la cabeza.

–Entonces, ¿por qué me lo has preguntado?

–Simple curiosidad.

–Mientes. Lo veo en tu cara. Estabas a punto de darme las cifras de la incidencia del cáncer de pulmón entre los fumadores empedernidos.

–El cáncer de pulmón no tiene nada que ver con el mentol, Anna –dijo; después sonrió y bebió un sorbito de su primer martini, que apenas había probado hasta entonces. Luego depositó cuidadosamente la copa sobre la mesa–. Aún no me has dicho en qué consiste tu trabajo –prosiguió–, ni por qué has venido a Dallas.

–Primero háblame del mentol. Aunque sólo sea la mitad de perjudicial que el aceite de enebro, creo que deberías decírmelo en seguida.

–Conrad se echó a reír y meneó la cabeza.

–¡Por favor!

–No, señora.

–Conrad, no puedes empezar a decir algo así y callarte sin decirlo todo. Es la segunda vez que lo haces en cinco minutos.

–No quiero parecer un médico pesado.

–No eres pesado. Esas cosas me fascinan. ¡Vamos! ¡Dímelo! No seas malo.

Resultaba agradable estar allí sentada, sintiéndose moderadamente achispada a causa de los dos martinis y conversando tranquilamente con aquel hombre agraciado, con aquella persona callada, confortable, agraciada. Conrad no se estaba haciendo el tímido. Lejos de ello. Sólo se estaba comportando como el hombre escrupuloso que era normalmente.

–¿Es algo desagradable? –preguntó ella.

–No. No se puede decir que lo sea.

–Adelante, pues.

Conrad cogió el paquete de cigarillos y se puso a estudiar la etiqueta.

–Pues la verdad –dijo– es que si inhalas mentol, la corriente sanguínea lo absorbe. Y eso no es bueno, Anna. Ejerce ciertos efectos muy definidos sobre el sistema nervioso central. Los médicos siguen recetándolo de vez en cuando.

–Ya lo sabía –dijo Anna–. Gotas nasales e inhalaciones.

–Esa es una de sus aplicaciones menores. ¿Sabes cuál es la otra?

–Utilizarlo para darse fricciones en el pecho cuando pillas un resfriado.

–Puedes hacerlo si te gusta, pero no sirve de mucho.

–Se utiliza como ungüento para curar las grietas de los labios.

–Eso es el alcanfor.

–En efecto.

Conrad esperó por si a Anna se le ocurría otra aplicación.

–Vamos, dímelo –dijo ella.

–Puede que te sorprenda un poquito.

–Estoy preparada para ello.

–El mentol –dijo Conrad– es un conocido antiafrodisíaco.

—¿Un qué?

—Suprime el deseo sexual.

—Estás inventando cosas, Conrad.

—Te juro que no.

—¿Quién lo utiliza?

—Muy poca gente hoy en día. Tiene un sabor demasiado fuerte. El salitre es mucho mejor.

—Ah, sí. Ya he oído decir eso del salitre.

—¿Qué sabes acerca del salitre?

—Que se lo dan a los presos —dijo Anna—. Cada mañana les echan un poco en las gachas de avena para que no alboroten.

—También lo utilizan en los cigarrillos —dijo Conrad.

—¿Te refieres a los cigarrillos que fuman los presos?

—No, a *todos* los cigarrillos.

—Eso es una tontería.

—¿Lo es?

—Claro que sí.

—¿Por qué lo dices?

—Nadie lo aguantaría —dijo ella.

—Pues aguantan el cáncer.

—Eso es totalmente distinto, Conrad. ¿Cómo sabes que ponen salitre en los cigarrillos?

—¿Nunca te has preguntado por qué un cigarrillo sigue ardiendo cuando lo dejas en el cenicero? El tabaco no arde espontáneamente. Pregúntale a cualquier fumador de pipa.

—Utilizan productos químicos especiales —dijo Anna.

—Exactamente: utilizan salitre.

—¿El salitre arde?

—Por supuesto que arde. Antiguamente era uno de los principales ingredientes de la pólvora. También de las mechas. Con él se hacen mechas muy buenas. Ese cigarrillo que estás fumando es una mecha lenta de primera, ¿no es así?

Anna miró su cigarrillo. Aunque no le había dado ninguna

chupada desde hacía un par de minutos, el cigarrillo seguía ardiendo y el humo surgía de su punta y formaba una delgada espiral color gris azulado.

–¿De modo que esto tiene mentol y *además* salitre? –dijo.

–Puedes estar segura.

–¿Y *ambas* cosas son antiafrodisíacas?

–Sí. Te estás tomando una dosis doble.

–Es ridículo, Conrad. Es demasiado poco para que se note.

Conrad sonrió pero no hizo ningún comentario.

–No hay lo suficiente ni para calmar a una cucaracha –dijo Anna.

–Eso es lo que crees tú, Anna. ¿Cuántos te fumas al día?

–Unos treinta.

–Bueno –dijo él–, supongo que no es asunto de mi incumbencia –hizo una pausa y luego añadió–: Pero tú y yo estaríamos mucho mejor hoy si lo fuera.

–¿Si fuera qué?

–De mi incumbencia.

–¿*Qué* quieres decir, Conrad?

–Sencillamente que si tú, hace ya muchos años, de pronto no hubieses decidido dejarme, ninguno de los dos hubiese sufrido tanto. Ahora seguiríamos felizmente casados.

De repente, el rostro de Conrad había adquirido una expresión extraña.

–¿Dejarte?

–Me llevé un buen disgusto, Anna.

–¡Vaya por Dios! –dijo ella–. Pero a esa edad todo el mundo deja a alguien, ¿no es así?

–No sabría decirte –dijo Conrad.

–No estarás enfadado conmigo aún, ¿verdad?

–¡Enfadado! –exclamó él–. ¡Santo Dios, Anna! ¡Enfadarse es lo que hacen los niños cuando pierden un juguete! ¡Yo perdí una esposa!

Anna se quedó mirándole fijamente, incapaz de decir nada.

–Dime una cosa –prosiguió él–. ¿No se te ocurrió pensar en mis sentimientos?

–Pero, Conrad, éramos tan *jóvenes.*

–Me destrozaste, Anna. Me dejaste casi hecho cisco.

–Pero ¿cómo...?

–¿Cómo qué?

–Si tanto significaba para ti, ¿cómo pudiste comprometerte con otra chica al cabo de unas pocas semanas?

–¿Nunca has oído hablar del rebote, de cuando alguien se casa con una persona porque otra le ha rechazado?

Anna asintió con la cabeza, contemplándole con desánimo.

–Yo estaba loco por ti, Anna.

Anna no contestó.

–Lo lamento –dijo él–. He tenido un arranque estúpido. Te ruego que me perdones.

Se hizo un silencio prolongado.

Conrad seguía reclinado en la silla, estudiándola desde cierta distancia. Anna sacó otro cigarrillo del paquete y lo encendió. Luego apagó la cerilla de un soplo y la dejó cuidadosamente en el cenicero. Cuando levantó nuevamente los ojos vio que él seguía observándola. En sus ojos había una expresión absorta, lejana.

–¿En qué estás pensando? –dijo ella.

Conrad no contestó.

–Conrad –dijo Anna–, ¿sigues odiándome por lo que te hice?

–¿Odiándote?

–Sí, odiándome. Tengo la extraña sensación de que me odias. Estoy segura de que así es, a pesar de los muchos años transcurridos.

–Anna –dijo él.

–¿Sí, Conrad?

Conrad acercó la silla a la mesa y se inclinó hacia adelante.

–¿Alguna vez se te ocurrió..?

Se interrumpió.

Anna se quedó esperando.

De repente Conrad se había puesto tan serio que Anna se inclinó hacia él también.

—¿Si se me ocurrió qué? —preguntó ella.

—Pensar que tú y yo... que los dos... tenemos un asuntillo por terminar.

Anna le miró fijamente.

Él le devolvió la mirada; sus ojos brillaban como dos estrellas.

—No te escandalices —dijo él—, por favor.

—¿Escandalizarme?

—Por tu cara se diría que acabo de proponerte que nos tiremos los dos por una ventana.

En el bar había ahora mucha gente y mucho ruido. Era igual que estar en un cóctel. Había que gritar para hacerse oír.

Los ojos de Conrad seguían clavados en ella, impacientes, ansiosos.

—Me gustaría tomar otro martini —dijo Anna.

—¿Es necesario?

—Sí —dijo ella—. Lo es.

En toda su vida sólo un hombre le había hecho el amor: su marido, Ed.

Y siempre había sido maravilloso.

¿Tres mil veces?

Pensó que más. Probablemente muchas más. ¿Quién las cuenta?

Sin embargo, suponiendo, aunque sólo fuera por curiosidad, que la cifra exacta (porque tiene que haber una cifra exacta) fuera de tres mil seiscientas ochenta...

...y sabiendo que cada vez que ocurrió fue un acto de amor puro, apasionado, auténtico, entre el mismo hombre y la misma mujer...

...entonces, ¿cómo chantres un hombre totalmente nuevo, un extraño al que no se ama, es capaz de presentarse de sopetón la tres mil seiscientas octogésima *primera* vez con la esperanza de resultar medianamente aceptable?

Sería un intruso.

Todos los recuerdos acudirían en tropel a la mente y la ahogarían.

Justamente había hablado de ello con el doctor Jacobs hacía unos meses, durante una de las sesiones, y el viejo Jacobs le había dicho:

—No habrá ninguna tontería relacionada con los recuerdos, mi querida mistress Cooper. Me gustaría que se olvidara de eso. Sólo existirá el presente.

—¿Pero cómo puedo llegar allí? —había preguntado Anna—. ¿Dónde puedo encontrar el valor suficiente para subir al dormitorio y quitarme la ropa ante otro hombre, un desconocido, a sangre fría?...

—¡A sangre fría! —había exclamado el doctor—. ¡Santo Dios, mujer, si la cosa estará hirviendo! —y más tarde le había dicho—: Al menos, trate de creerme, mistress Cooper, cuando le digo que cualquier mujer que se haya visto privada de trato sexual después de más de veinte años de tenerlo... de tenerlo con una frecuencia insólita en su caso, si es que la he entendido correctamente... cualquier mujer en tales circunstancias sufrirá continuamente graves trastornos psicológicos hasta que vuelva a tener relaciones sexuales con regularidad. Usted se encuentra mucho mejor, me consta, pero es mi obligación decirle que en modo alguno ha vuelto a la normalidad... Dirigiéndose a Conrad, Anna dijo:

—¿Por casualidad no será ésta una sugerencia terapéutica?

—¿Una *qué*?

—Una sugerencia terapéutica.

—¿Se puede saber qué quieres decir?

—Pues que parece un complot tramado por mi doctor Jacobs, ni más ni menos que eso.

—Mira —dijo él, inclinándose sobre la mesa y acariciándole la mano izquierda con la punta de un dedo—. Cuando te conocí en la escuela superior, yo era demasiado joven y tímido para hacerte una proposición semejante, pese a que tenía muchas ganas de hacértela. De todos modos, por aquel entonces no tenía ninguna prisa. Me figuraba que teníamos toda una vida por delante. No podía imaginarme que fueses a dejarme.

Llegó el martini y Anna lo cogió y empezó a bebérselo aprisa. Sabía exactamente lo que iba a hacerle. La haría flotar. El tercer martini siempre tenía el mismo efecto. Que le diesen un tercer martini y en cuestión de segundos su cuerpo se volvería completamente ingrávido y ella empezaría a flotar por la habitación como un jirón de gas hidrógeno.

Siguió sentada, sosteniendo la copa con ambas manos como si fuera un sacramento. Bebió otro trago. Ya no quedaba mucho. Por encima del borde de la copa podía ver que Conrad la miraba con desaprobación mientras bebía. Le dirigió una sonrisa radiante.

—No serás contrario a la utilización de la anestesia cuando operas, ¿verdad? —preguntó.

—Por favor, Anna, no hables así.

—Empiezo a flotar —dijo ella.

—Ya lo veo —contestó él—. ¿Por qué no te paras ahí?

—¿Qué has dicho?

—¿Por qué no te paras ahí? Eso es lo que he dicho.

—¿Quieres que te diga por qué?

—No —repuso él.

Hizo un leve gesto con las manos, como si fuese a arrebatarle la copa, por lo que ella se la acercó rápidamente a los labios y la levantó muy alto, sosteniéndola así durante varios segundos para apurar hasta la última gota. Cuando volvió a mirar a Conrad vio que depositaba un billete de diez dólares en la bandeja del camarero y que éste le daba las gracias efusivamente. Luego se dio cuenta de que salía flotando del bar, cruzaba el vestíbulo, con la mano de Conrad sosteniéndola por un codo, dirigiéndola hacia los ascensores. Subieron flotando hasta el piso vigésimo segundo y luego flotaron por el pasillo hasta la puerta de su dormitorio. Anna pescó la llave del interior del bolso, abrió la puerta y entró flotando. Conrad la siguió y cerró la puerta tras de sí. Luego, muy repentinamente, la cogió entre sus brazos enormes y empezó a besarla con gran ahínco.

Anna le dejó hacer.

Conrad le besó la boca, las mejillas, el cuello, aspirando hondo entre beso y beso. Anna mantuvo los ojos abiertos, observándole de un modo extraño, lejano, y lo que vio le hizo pensar vagamente en el rostro borroso y próximo de un dentista cuando éste se encuentra trabajando en uno de los dientes superiores.

Luego, inesperadamente, Conrad introdujo la lengua en uno de sus oídos. El efecto que ello surtió en Anna fue eléctrico. Fue como si una clavija de doscientos voltios acabase de ser introducida en un enchufe vacío y todas las luces se encendieran y los huesos comenzasen a derretirse y la savia cálida y derretida recorriera sus miembros y ella fuera presa de frenesí. Era la clase de frenesí maravilloso, desenfrenado, temerario y llameante que Ed solía provocar en ella tan a menudo con sólo tocarla con la mano aquí y allá. Echó los brazos alrededor del cuello de Conrad y empezó a besarle con mayor ahínco que él y, aunque al principio pareció que temía que Anna fuera a comérselo vivo, Conrad pronto recobró el equilibrio.

Anna no tenía la menor idea de cuánto tiempo pasaron allí de pie, abrazándose violentamente, pero debió de ser un rato bastante largo. Sentía tal felicidad, volvía a sentir tal... tal *confianza*, una confianza en sí misma tan súbita y abrumadora, que sintió deseos de arrancarse la ropa y bailar frenéticamente para Conrad en medio de la habitación. Pero no hizo ninguna tontería parecida. En vez de ello, se limitó a flotar hacia el borde de la cama y se sentó para recobrar el aliento. Conrad se sentó rápidamente a su lado. Anna apoyó la cabeza en su pecho y sintió que la felicidad la embargaba mientras él le acariciaba el pelo gentilmente. Luego Anna le desabrochó un botón de la camisa, metió la mano dentro y la apoyó en su pecho. Notó el latir del corazón a través de las costillas.

–¿Qué es lo que veo aquí? –dijo Conrad.

–¿Qué es lo que ves dónde, cariño?

–En tu cuero cabelludo. Será mejor que vigiles esto, Anna.

–Vigílalo tú por mí, cariño.

–Hablo en serio –dijo él–. ¿Sabes qué parece esto? Parece un toquecito de alopecia andrógina.

–Bueno.

–No, no es bueno. De hecho es una inflamación de los folículos capilares y ocasiona la calvicie. Es muy frecuente en las mujeres de edad madura.

–Calla, calla, Conrad –dijo Anna, besándole el cuello–. Tengo un pelo magnífico.

Anna se incorporó y le quitó la chaqueta. Luego le deshizo el nudo de la corbata y la arrojó al otro extremo de la habitación.

–Hay un ganchito en la espalda de mi vestido –dijo Anna–. Desabróchalo, por favor.

Conrad le desabrochó el ganchito, luego le abrió la cremallera y la ayudó a quitarse el vestido. Anna llevaba una combinación color azul claro bastante elegante. Conrad vestía una camisa blanca normal, como la que suelen llevar los médicos, pero ahora tenía el cuello desabrochado y eso le favorecía. En su cuello había un cordoncillo vertical de músculos nervudos y cuando volvía la cabeza los músculos se movían debajo de la piel. Era el cuello más hermoso que Anna había visto jamás.

–Hagámoslo muy despacio –dijo Anna–. Que la espera nos haga enloquecer.

Los ojos de Conrad se posaron en su rostro durante unos segundos, luego se apartaron de allí y recorrieron todo su cuerpo. Anna vio que sonreía.

–¿Y si nos mostráramos muy refinados y disipados, Conrad, y pidiéramos una botella de champán? La pediré al servicio de restaurante y tú te escondes en el cuarto de baño cuando llegue el camarero.

–No –dijo él–. Ya has bebido bastante. Levántate, por favor.

El tono de su voz la impulsó a levantarse inmediatamente.

–Ven aquí –dijo Conrad.

Anna se acercó a él. Seguía sentado en la cama y ahora, sin levantarse, se inclinó hacia adelante y empezó a quitarle el resto de la ropa. Lo hizo de manera lenta, deliberada. Su rostro se había puesto pálido súbitamente.

–¡Oh, cariño! –exclamó ella–. ¡Qué maravilla! ¡Tienes eso tan famoso! ¡Un verdadero mechón de pelo espeso saliéndote por las dos orejas! Ya sabes qué significa, ¿no? ¡Es la señal absolutamente segura de una virilidad enorme!

Se inclinó y le besó los oídos. Conrad siguió desnudándola: el sujetador, los zapatos, la faja, las bragas y finalmente las medias, todo lo cual dejó caer sobre el suelo. En cuanto le hubo quitado la última media, se volvió. Volvió la cara hacia otro lado como si ella no existiese y empezó a desnudarse también.

Resultaba extraño encontrarse de pie tan cerca de él, sin más vestido que la piel, y ver que él no se dignaba mirarla por segunda vez. Pero quizás los hombres hacían cosas así normalmente. Tal vez Ed había sido una excepción. ¿Cómo iba a saberlo ella? Conrad se quitó la camisa blanca en primer lugar y, tras doblarla meticulosamente, se irguió y fue a depositarla sobre el brazo de una silla. Hizo lo mismo con la camiseta. Luego volvió a sentarse en el borde del lecho y empezó a quitarse los zapatos. Anna permaneció completamente inmóvil, observándole. Su repentino cambio de humor, su silencio, su curiosa intensidad le daban un poco de miedo. Pero también la excitaban. Había cierto sigilo, casi una amenaza, en sus movimientos, como si Conrad fuera un animal espléndido que se acercara sigilosamente a su presa. Un leopardo.

Anna se quedó hipnotizada, contemplándole. Observó sus dedos, aquellos dedos de cirujano, desabrochando y aflojando los cordones del zapato izquierdo, quitándoselo del pie y dejándolo pulcramente debajo de la cama. Luego le tocó el turno al zapato derecho. Seguidamente el calcetín izquierdo y el calcetín derecho. Los dobló cuidadosamente y los depositó con la mayor precisión sobre la puntera de los zapatos. Finalmente los dedos se desplazaron hacia la parte superior de los pantalones, desabrocharon un botón y luego empezaron a manipular la cremallera. Los pantalones, una vez se los hubo quitado, fueron doblados siguiendo la raya y depositados sobre la silla. Luego los calzoncillos.

Conrad, desnudo ya, regresó lentamente a la cama y volvió a sentarse en el borde. Entonces, por fin, volvió la cabeza y se fijó en ella. Anna seguía esperando... y temblando. Conrad la examinó calmosamente de arriba abajo. De pronto alargó una mano y la cogió por la muñeca y, dando un brusco tirón, la tumbó sobre la cama.

Anna sintió un alivio tremendo, le rodeó con los brazos y lo estrechó con fuerza, como si temiera que fuese a escapársele. Tenía un miedo mortal de que Conrad se marchase y no volviera. Y allí quedaron tumbados, ella aferrándose a él como si fuese la última cosa que quedara en el mundo, y él, extrañamente callado, vigilante, concentrado, desenredándose lentamente de su abrazo y empezando a tocarla en sitios distintos con aquellos dedos, aquellos expertos dedos de cirujano. Y, una vez más, Anna fue presa de frenesí.

Las cosas que él le hizo durante los siguientes momentos fueron terribles y exquisitas. Anna sabía que él sólo la estaba preparando o, como dicen en el hospital, aprestándola para la operación propiamente dicha, pero, oh Dios, nunca había conocido ni experimentado nada remotamente parecido a aquello. Y todo sucedió de forma extremadamente rápida, pues, en unos pocos segundos, alcanzó aquel punto sin retorno en que toda la habitación se comprime en una sola y diminuta mancha de luz cegadora que estallará y te hará pedazos al menor roce de más. Al llegar a aquel punto, Conrad, describiendo una parábola veloz y rapaz con su cuerpo, se colocó sobre ella para el acto final...

Y entonces Anna sintió que le extraían toda la pasión del cuerpo, como si lentamente sacaran de sus entrañas un nervio largo y vivo, un hilo largo y vivo de fuego eléctrico, y empezó a gritar instando a Conrad a seguir y seguir sin detenerse y mientras eso hacía, en mitad de todo ello, oyó otra voz encima de ella y esta otra voz se hizo más fuerte y más fuerte, más y más insistente, exigiendo ser oída:

–¿*Llevas* algo? –quiso saber la voz.

–Oh, cariño, ¿qué dices?

–Te estoy preguntando si *llevas* algo.

–¿Quién, yo?

–Hay una obstrucción aquí. Por fuerza tienes que llevar un diafragma o algún otro dispositivo.

–Claro que no, cariño. Todo es maravilloso. Calla, calla.

–Todo *no* es maravilloso, Anna.

Como una película sobre la pantalla, la imagen de la habitación volvió a quedar enfocada. En primer plano estaba la cara de Conrad. Se hallaba suspendida sobre ella, apoyada en los hombros desnudos. Los ojos miraban directamente los suyos. La boca seguía hablando.

–Si quieres llevar un dispositivo, entonces, por lo que más quieras, aprende a introducirlo correctamente. No hay nada más molesto que colocarlo de cualquier manera. El diafragma debe colocarse bien apoyado contra el cuello del útero.

–¡Pero si no llevo diafragma!

—¿De veras? Bueno, pues de todos modos hay una obstrucción.

No sólo la habitación sino el mundo entero parecía deslizarse de debajo suyo en aquel momento.

—Me siento mareada —dijo Anna.

—¿Qué dices?

—Que me siento mareada.

—No seas chiquilla, Anna.

—Conrad, me gustaría que te fueses, por favor. Vete, Conrad.

—¿De qué diablos me estás hablando?

—¡Apártate de mí, Conrad!

—Eso es ridículo, Anna. De acuerdo, siento habértelo dicho. Olvídalo.

—*¡Vete!* —exclamó ella—. *¡Vete! ¡Vete! ¡Vete!*

Anna trató de quitárselo de encima empujándole, pero Conrad era corpulento y fuerte y la tenía bien sujeta.

—Cálmate —dijo él—. Relájate. No puedes cambiar de parecer así, tan de sopetón, en medio de todo. Y, por el amor de Dios, no empieces a llorar.

—Déjame en paz, Conrad. ¡Te lo suplico!

Conrad parecía sujetarla con todo lo que tenía, brazos y codos, manos y dedos, muslos y rodillas, tobillos y pies. Parecía un sapo por la forma en que la sujetaba. Era exactamente igual a un sapo enorme y pegajoso, sujetándola y aprisionándola, negándose a soltarla. En cierta ocasión Anna había visto un sapo haciendo precisamente lo mismo. Estaba copulando con una rana sobre una piedra, en la orilla de un riachuelo, y ahí estaba sentado, inmóvil, repulsivo, con un brillo amarillento y maligno en los ojos, sujetando a la rana con sus poderosas patas delanteras y negándose a soltarla...

—Deja ya de forcejear, Anna. Te estás comportando como una chiquilla histérica. ¡Por el amor de Dios, mujer! ¿Qué te pasa?

—¡Me estás haciendo daño! —exclamó Anna.

—*¿Daño?*

—¡Me duele muchísimo!

Anna se lo dijo sólo para librarse de él.

—¿Sabes por qué te duele? —preguntó Conrad.

—¡Conrad! ¡Por favor!

—Espera un minuto, Anna. Déjame que te explique...

—¡No! —exclamó ella—. ¡Ya he oído bastantes explicaciones!

—Querida mía...

—¡No!

Anna forcejeaba desesperadamente para librarse, pero Conrad seguía teniéndola aprisionada.

—La razón por la que te duele —prosiguió él— es que no estás produciendo ningún fluido. La mucosa está virtualmente seca...

—¡Basta!

—El nombre científico es vaginitis atrófica senil. Se presenta con la edad, Anna. Por esto la llaman *vaginitis senil.* No se puede hacer mucho...

En aquel momento Anna empezó a chillar. Sus chillidos no eran muy fuertes, pero, pese a ello, eran chillidos, unos chillidos terribles, de agonía, de dolor, y, después de escucharlos durante unos segundos, Conrad, con un único y grácil movimiento, se apartó de ella y con ambas manos la empujó hacia un lado. La empujó con tanta fuerza que la hizo caerse de la cama.

Anna se levantó poco a poco y mientras se dirigía hacia el baño con pasos tambaleantes iba exclamando: «¡Ed!... ¡Ed!... ¡Ed!» con una voz en la que se advertía un extraño tono de súplica. La puerta se cerró.

Conrad siguió tumbado en la cama, muy quieto, escuchando los sonidos que salían de detrás de la puerta. Al principio oyó solamente los sollozos de la mujer, pero al cabo de unos segundos, por encima de los sollozos oyó el clic seco y metálico de un armarito que se abría. Al instante saltó de la cama y empezó a vestirse rápidamente. La ropa, doblada tan pulcramente, la tenía a mano y sólo tardó un par de minutos en ponérsela. Cuando estuvo vestido se acercó al espejo y con el pañuelo se limpió el carmín de la cara. Sacó un peine del bolsillo y se lo pasó por el pelo negro y sedoso. Dio una vuelta alrededor de la cama para ver si se había olvidado algo y luego, cuidadosamente, como si saliese de puntillas de una habitación donde durmiera un niño, salió al pasillo y cerró suavemente la puerta tras de sí.

PERRA

Hasta el momento he dado a publicar un solo episodio de los diarios del tío Oswald. Trataba, como probablemente recordarán algunos de ustedes, del encuentro carnal entre mi tío y una leprosa siria en el desierto del Sinaí. Seis años han pasado ya desde su publicación y aún no se ha presentado nadie a causar problemas. En vista de ello, me veo con ánimos de publicar un segundo episodio de estas curiosas páginas. Mi abogado me ha aconsejado que no lo haga. Dice que algunas de las personas interesadas todavía viven y son fácilmente reconocibles. Dice que me demandarán sin contemplaciones. Bueno, pues que me demanden. Me siento orgulloso de mi tío. Sabía cómo hay que vivir. En el prefacio al primer episodio dije que las *Memorias* de Casanova parecen una hoja parroquial al lado de los diarios del tío Oswald y que el propio Casanova, aquel gran amante, parece un hombre de escasos apetitos sexuales si se le compara con mi tío. Me mantengo en lo que dije entonces y, andando el tiempo, lo demostraré ante el mundo. He aquí, pues, un pequeño episodio entresacado del Volumen XXIII, exactamente igual que lo escribió Oswald:

«PARÍS
Miércoles

Desayuno a las diez. Probé la miel. La entregaron ayer en un *sucrier* de Sèvres que tenía un encantador fondo color canario que llaman *jonquille*. «De Suzie», decía la nota, «y gracias». Es agradable ver que se te aprecia. Y la miel valía la pena. Entre otras cosas, Suzie Jolibois tenía una pequeña granja al sur de Casablanca y era aficionada a las abejas. Sus colmenas estaban instaladas en medio de una plantación de *cannabis indica* y las abejas extraían su néctar exclusivamente de esa fuente. Vivían, aquellas abejas, en un estado de euforia perpetua y eran poco inclinadas a trabajar. Por consiguiente, la miel era muy escasa. Unté una tercera tostada. La miel era casi negra. Tenía un aroma penetrante. Sonó el teléfono. Me llevé el aparato a la oreja y esperé. Nunca soy el primero en hablar cuando me llaman. Después de todo, no soy yo quien les telefonea a ellos. Ellos me telefonean a mí.

–¡Oswald! ¿Está ahí?

Reconocí la voz.

–Sí, Henri –dije–. Buenos días.

–¡Escúcheme! –dijo él; hablaba de prisa y parecía excitado–. ¡Me parece que ya lo tengo! ¡Estoy casi seguro de haberlo conseguido! Perdone que le hable a trompicones, pero acabo de vivir una experiencia fantástica. Ahora ya ha pasado. Todo está bien. ¿Quiere venir a casa?

–Sí –dije–. Iré.

Colgué el teléfono y me serví otra taza de café. ¿Sería verdad que Henri lo había conseguido por fin? Si así era, quería estar presente para compartir la diversión.

Al llegar aquí, debo hacer una pausa para explicarles cómo conocí a Henri Biotte. Hará unos tres años cogí el coche y me fui a Provenza para pasar un fin de semana veraniego con una dama que me interesaba, sencillamente porque poseía un músculo extraordinariamente poderoso en una región donde otras mujeres no tienen ningún músculo en absoluto. Una hora después de mi

136

llegada me encontraba paseando a solas por la hierba de la orilla del río cuando se me acercó un hombre bajito y moreno. Tenía el dorso de las manos cubierto de vello negro, hizo una ligera reverencia y dijo:

—Henri Biotte, también invitado.

—Oswald Cornelius —dije.

Henri Biotte era peludo como una cabra. Su mentón y sus mejillas aparecían cubiertas de pelo negro y enmarañado y unos mechones espesos le salían por los orificios de la nariz.

—¿Me permite que le acompañe? —dijo, colocándose a mi lado y empezando a hablar inmediatamente.

¡Y qué hablador era! ¡Qué gálico, qué excitable! Caminaba dando unos extraños saltitos y sus dedos volaban como si quisiese esparcirlos a los cuatro vientos y sus palabras estallaban como triquitraques de tan aprisa como las pronunciaba. Dijo que era belga y químico y que trabajaba en París. Era químico olfatorio. Había consagrado su vida al estudio de la olfacción.

—¿Se refiere al olfato? —dije.

—¡Sí, sí! —exclamó—. ¡Exactamente! Soy experto en olores. ¡Sé más sobre olores que cualquier otra persona del mundo!

—¿Buenos o malos olores? —pregunté, tratando de frenarlo un poco.

—¡Buenos olores, olores encantadores, olores gloriosos! —dijo—. ¡Los fabrico! ¡Puedo fabricar cualquier olor que usted desee!

Seguidamente me dijo que era el principal mezclador de perfumes de una de las grandes modistas de la ciudad. Y, poniéndose un dedo en la punta de su peluda probóscide, dijo que, probablemente, su nariz se parecía a cualquier otra nariz, ¿no? Me dieron ganas de decirle que por sus orificios salía más pelo que trigo crece en las praderas y de preguntarle por qué no le decía al barbero que se lo recortase, pero en vez de ello le confesé cortésmente que no veía nada extraño en ella.

—En efecto —dijo—. Pero en realidad es un órgano olfatorio de sensibilidad fenomenal. Husmeando un par de veces soy capaz de detectar la presencia de una sola gota de almizcle macrólico en varios litros de aceite de geranio.

—Extraordinario —dije.

—En los Champs Elysées —prosiguió—, que son, sin embargo, una vía ancha, mi nariz es capaz de identificar el perfume exacto que lleva una mujer que se pasee por la otra acera.

—¿Incluso con tráfico?

—Incluso con mucho tráfico —dijo.

Seguidamente mencionó dos de los perfumes más famosos del mundo, ambos fabricados por la casa de modas para la que trabajaba.

—Son creaciones personales mías —dijo modestamente—. Yo mismo hice la mezcla. Le han proporcionado una fortuna a la célebre bruja que dirige el negocio.

—¿Pero no a usted?

—¡A mí! Yo no soy más que un pobre e infeliz empleado que trabaja a sueldo —dijo, extendiendo las manos y encogiendo los hombros hasta que casi le rozaron los lóbulos de las orejas—. Pero algún día me independizaré y me consagraré a mi sueño.

—¿Tiene un sueño?

—¡Tengo un sueño glorioso, tremendo, excitante, mi querido señor!

—Si es así, ¿por qué no se dedica a él?

—Porque primero tengo que encontrar un hombre lo bastante clarividente y rico como para respaldarme.

«¡Aja! —pensé—. Conque se trata de eso».

—Con una reputación como la suya —dije— no creo que eso le resulte difícil.

—Los hombres ricos como el que yo busco son difíciles de encontrar —dijo—. Tiene que ser aficionado a correr riesgos y con pasión por lo estrafalario.

«¡Ese soy yo, pequeño bribón!» —pensé.

–¿En qué consiste ese sueño suyo? –pregunté–. ¿Se trata de fabricar perfumes?

–¡Mi querido amigo! –exclamó–. ¡Cualquiera puede fabricar *perfumes!* ¡Le estoy hablando del perfume de los perfumes! ¡Del *único* que cuenta!

–¿Cuál es?

–¿Cuál va a ser? ¡El *peligroso,* por supuesto! ¡Y, cuando lo haya fabricado, dominaré el mundo!

–¡Muy bien! –dije.

–No bromeo, *monsieur* Cornelius. ¿Me permitirá que le explique adonde quiero ir a parar?

–Adelante.

–Perdóneme si me siento –dijo, dirigiéndose hacia un banco–. El pasado mes de abril sufrí un ataque cardíaco y debo andar con cuidado.

–Lo lamento.

–Oh. no lo lamente. No hay peligro mientras no me pase de la raya.

La tarde era deliciosa y el banco estaba situado en el césped cerca de la orilla del río. Nos sentamos en él. A nuestro lado el río discurría lentamente, suavemente, profundamente, y pequeñas nubes de insectos acuáticos revoloteaban sobre la superficie. La otra orilla estaba llena de sauces y, más allá de éstos, había un prado verde esmeralda, amarillo de tantos ranúnculos como en él crecían, donde pacía una vaca solitaria. La vaca era marrón y blanca.

–Le contaré qué clase de perfume deseo fabricar –dijo–. Pero es esencial que le explique algunas cositas más o no lo entenderá del todo. Así que le ruego que tenga un poco de paciencia conmigo.

Una de sus manos reposaba fláccidamente sobre su regazo, con la parte peluda hacia arriba. Parecía una rata negra. Se la acariciaba suavemente con los dedos de la otra mano.

—Consideremos primeramente –dijo– el fenómeno que tiene lugar cuando un perro encuentra a una perra en celo. El impulso sexual del perro es tremendo. Todo su autodominio desaparece. En su cabeza hay un solo pensamiento, que es el de fornicar allí mismo, y, a menos que se le impida por la fuerza, así lo hará. Pero, ¿sabe usted qué causa este tremendo impulso sexual en el perro?

—El olor –dije.

—Exactamente, *monsieur* Cornelius. Unas moléculas odorantes de conformación especial penetran por el hocico del perro y estimulan sus nervios olfatorios. Eso hace que se envíen unas señales urgentes al bulbo olfatorio y de allí a los centros superiores del cerebro. *Todo* lo hace el olor. Si secciona usted el nervio olfatorio de un perro, el animal perderá todo interés por el sexo. Lo mismo les ocurre a muchos otros mamíferos, mas no al hombre. El olor no tiene nada que ver con el apetito sexual del macho de la especie humana. A éste lo que le estimula es la vista, el tacto y su viva imaginación. Jamás el olor.

—¿Qué me dice del perfume? –pregunté.

—¡Todo son tonterías! –contestó–. Todas las esencias caras que se venden en frasquitos, las que yo fabrico, no tienen ningún efecto afrodisíaco en el hombre. El perfume nunca se hizo para tal fin. En la antigüedad las mujeres lo utilizaban para ocultar el hecho de que olían mal. Hoy día, que ya no apestan, lo utilizan por razones puramente narcisistas. Les gusta ponérselos y oler los agradables aromas que exhalan sus propios cuerpos. Los hombres apenas se fijan en ello. Se lo prometo.

—Yo sí me fijo –dije.

—¿Y le estimula físicamente?

—No, físicamente no. Pero sí estéticamente.

—Le gusta el olor. A mí también. Pero hay muchos otros olores que me gustan más: el *bouquet* de un buen Lafitte, el aroma de una pera fresca o el olor del aire que llega del mar en la costa de Bretaña.

Una trucha dio un salto en mitad del río y la luz del sol arrancó destellos de su cuerpo.

—Tiene que olvidar —dijo *monsieur* Biotte— todas las tonterías que le habrán dicho sobre el almizcle y el ámbar gris y las secreciones testiculares de la civeta. Actualmente nuestros perfumes los hacemos a base de productos químicos. Si lo que busco es un olor a almizcle, utilizaré sebacato de etileno. El ácido fenilacético me dará civeta y el benzaldehído me proporcionará el olor a almendras. No, señor, ya no me interesa mezclar productos químicos para obtener olores agradables.

Desde hacía unos minutos la nariz le goteaba ligeramente, mojándole los pelos negros que le salían por los orificios. Al darse cuenta de ello, sacó un pañuelo, se sonó y después se secó la nariz.

—Lo que tengo intención de hacer —dijo— es producir un perfume que ejerza en el hombre el mismo efecto electrizante que el olor de una perra en celo ejerce sobre un perro. ¡Una vaharada bastará! El hombre perderá por completo el control de sí mismo. ¡Se arrancará los pantalones y violará a la dama allí mismo!

—Eso podría resultar divertido —dije. —¡Seríamos los dueños del mundo! —exclamó. —Sí, pero acaba de decirme que el olor no tiene nada que ver con el apetito sexual del macho humano.

—Y no lo tiene —dije—. Pero lo tenía. Tengo pruebas de que en la era postglacial, cuando el hombre primitivo estaba mucho más cerca del mono que el hombre actual, conservaba aún la característica simiesca de saltar sobre cualquier hembra que se cruzase en su camino y que oliese de una manera determinada. Y, más adelante, en el paleolítico y en el neolítico, siguió reaccionando sexualmente al olor, aunque en grado cada vez menor. Cuando aparecieron las civilizaciones superiores en Egipto y China, alrededor de diez mil años antes de Jesucristo, la evolución ya había jugado su papel y suprimido por completo la capacidad del hombre para ser estimulado sexualmente por el olor. ¿Le estoy aburriendo?

—Nada de eso. Pero dígame, ¿quiere eso decir que ha tenido lugar un cambio físico real en el aparato olfatorio del hombre?

—Rotundamente no —dijo—. De haber sido así, nada podríamos hacer en ese sentido. El pequeño mecanismo que permitía a nuestros antepasados captar aquellos olores sutiles sigue estando en su sitio. Da la casualidad de que me consta que así es. Escúcheme, habrá visto usted que algunas personas son capaces de mover un poco las orejas, ¿no?

—Yo soy una de ellas —dije, moviéndolas.

—¿Lo ve? —dijo—. El músculo que mueve la oreja sigue en su sitio. Es un residuo del tiempo en que el hombre podía mover las orejas hacia adelante para oír mejor, como hacen los perros. Esa capacidad la perdió hace más de cien mil años, pero el músculo no desapareció. Y lo mismo ocurre en el caso de nuestro aparato olfatorio. El mecanismo para captar aquellos olores secretos sigue existiendo, pero hemos perdido la capacidad de utilizarlo.

—¿Cómo puede estar tan seguro de que todavía existe? —pregunté.

—¿Sabe usted cómo funciona nuestro sistema olfatorio? —dijo.

—No, la verdad...

—Entonces se lo explicaré; de lo contrario no podría contestar a su pregunta. Escúcheme atentamente, por favor. El aire es absorbido por los orificios de la nariz y pasa por tres huesos espirales en forma de pantalla situados en la parte superior de la nariz. Allí es calentado y filtrado. Luego este aire caliente sube y pasa por dos hendiduras que contienen los órganos olfatorios. Estos órganos consisten en unos retazos de tejido amarillento, cada uno de los cuales mide alrededor de seis centímetros cuadrados. En este tejido se hallan incrustadas las fibras y los extremos del nervio olfatorio. Cada extremo de nervio consiste en una célula olfatoria que soporta un racimo de filamentos diminutos parecidos a cabellos. Estos filamentos actúan como receptores. Y, cuando son estimulados o excitados por las moléculas odorantes, los receptores envían señales al cerebro. Si, al bajar usted por la mañana, su nariz percibe las moléculas odorantes del tocino que se está friendo en la sartén, estas moléculas estimularán sus receptores, los receptores enviarán una señal al cerebro por medio del nervio olfatorio y el cerebro la interpretará según el carácter y la intensidad del olor. Y es entonces cuando usted exclama «¡Ah, tocino para desayunar!»

–Nunca como tocino para desayunar –dije.

Hizo caso omiso de mi comentario.

–Estos receptores –prosiguió–, estos filamentos diminutos, finísimos, son lo que nos interesa. Y ahora usted me preguntará cómo diablos pueden distinguir la diferencia entre una molécula odorante y otra, entre, por ejemplo, la menta y el alcanfor.

–¿Cómo la distinguen? –pregunté. El tema me interesaba.

–Le ruego que ahora preste más atención que nunca –dijo–. En el extremo de cada receptor hay una muesca, una especie de cavidad, sólo que no es redonda. Se trata del «asiento receptor». Imagínese millares de estos filamentos finísimos con cavidades diminutas en sus extremos, todos agitándose como los zarcillos de las anémonas de mar y esperando atrapar en sus cavidades cuantas moléculas odorantes pasen junto a ellos. Eso es lo que ocurre en realidad. Cuando usted capta un olor determinado las moléculas odorantes de la sustancia que dan a ésta su olor le entran en tropel por los orificios de la nariz y son atrapadas por las pequeñas cavidades, los asientos receptores. Ahora bien, la cosa más importante que debe recordar es ésta: moléculas las hay de todas las formas y tamaños. También las cavidades o asientos receptores tienen distintas formas. Por consiguiente, las moléculas se alojan exclusivamente en los asientos receptores que se adaptan a ellas. Las moléculas de menta entran solamente en los asientos receptores especiales para la menta. Las moléculas de alcanfor, cuya forma es totalmente distinta, encajan únicamente en asientos receptores especiales para el alcanfor, y así sucesivamente. Viene a ser como esos juguetes para niños que consisten en piezas de distinta forma que deben encajarse unas con otras.

–Veamos si le he entendido –dije–. ¿Me está diciendo que mi cerebro sabrá que se trata de un olor a menta sólo porque la molécula se habrá alojado en un asiento receptor para la menta?

–Exactamente.

–Pero, no irá usted a decirme que hay receptores de distintas formas para todos los olores del mundo, ¿eh?

–No –dijo–. De hecho, el hombre tiene solamente siete receptores distintos.

–¿Por qué sólo siete?

–Porque nuestro sentido del olfato reconoce únicamente siete «olores primarios puros». Todos los demás son «olores complejos» producidos por la mezcla de olores primarios.

–¿Está seguro?

–Completamente. Nuestro sentido del gusto tiene todavía menos. Reconoce únicamente cuatro sabores primarios: dulce, agrio, salado y amargo. Todos los demás sabores son mezclas de los que acabo de citarle.

–¿Cuáles son los siete olores primarios puros? –le pregunté.

–Los nombres no vienen al caso ahora –dijo–. ¿Por qué confundir las cosas?

–Me gustaría saber cuáles son.

–De acuerdo –dijo–. Son los siguientes: alcanforados, picantes, almizclados, etéreos, florales, mentolados y pútridos. No ponga esa cara de escepticismo, por favor. Esto no lo he descubierto yo. Ilustrísimos científicos llevan años trabajando en ello. Y sus conclusiones son de todo punto acertadas, *exceptuando un aspecto.*

–¿Cuál?

–*Hay un octavo olor primario puro que ellos no conocen y un octavo asiento receptor destinado a recibir las moléculas del mismo, unas moléculas que tienen una forma harto curiosa.*

144

–¡Ajajá! –exclamé–. Ya veo adonde quiere ir a parar.

–Sí –dijo–, el octavo olor primario puro es el estimulante sexual que miles de años atrás hacía que el hombre primitivo se comportase como un perro. Tiene una estructura molecular muy peculiar.

–¿Conque sabe cuál es?

–¡Por supuesto que lo sé!

–¿Y sostiene que todavía tenemos los asientos receptores para recibir estas peculiares moléculas?

–Así es.

–Este olor misterioso –dije–, ¿llega alguna vez a nuestras narices actualmente?

–Con frecuencia.

–¿Lo olemos? Es decir: ¿lo percibimos?

–No.

–¿Quiere decir que las moléculas no son atrapadas en los asientos receptores?

–Sí son atrapadas, mi querido amigo, sí lo son. Pero no pasa nada. El cerebro no recibe ninguna señal. El teléfono no funciona. Es igual que ese músculo del oído. El mecanismo sigue ahí, pero hemos perdido la capacidad de utilizarlo como es debido.

–¿Y qué se propone hacer al respecto? –pregunté.

–Reactivarlo –dijo–. Nos estamos ocupando de nervios, no de músculos. Y estos nervios no están muertos ni lesionados: simplemente dormidos. Probablemente incrementaré mil veces la intensidad del olor y añadiré un catalizador.

–Siga, siga –dije.

–Ya es bastante.

–Me gustaría oír más –dije.

–Perdone que se lo diga, *monsieur* Cornelius, pero me temo que su conocimiento de la propiedad organoléptica no basta para seguir mis explicaciones más allá de este punto. La conferencia ha terminado.

Henri Biotte se quedó sentado en el banco a orillas del río, acariciándose el dorso de una mano con los dedos de la otra. El pelo que le salía por los orificios de la nariz le daba aspecto de duende, pero eso era puro camuflaje. Me parecía un hombrecillo peligroso y refinado, alguien que se escondía detrás de las piedras con los ojos atentos y un aguijón en la cola, esperando que pasase algún viajero solitario. Subrepticiamente le escudriñé el rostro. La boca me interesaba. Los labios tenían un toque color magenta, posiblemente a causa de su enfermedad cardíaca. El labio inferior era caruncular y colgante. Sobresalía por el medio y formaba una especie de bolsita en la que se hubieran podido guardar monedas pequeñas. La piel del labio parecía muy tensa, como hinchada, y estaba siempre húmeda, no porque se pasara la lengua por ella, sino a causa de un exceso de saliva.

Y ahí estaba el tal *monsieur* Henri Biotte, sonriendo aviesamente y aguardando con paciencia mi reacción. Era un hombre totalmente amoral, eso saltaba a la vista, pero también lo era yo. Era también un hombre perverso y, aunque honradamente no puedo decir que la perversidad sea una de mis virtudes, la encuentro irresistible en los demás. Un hombre perverso tiene un lustre que es muy suyo. Por otra parte, había algo diabólicamente espléndido en una persona que pretendía retrasar en medio millón de años los hábitos sexuales del hombre civilizado.

Sí, me tenía atrapado. Así que allí mismo, sentado a la orilla del río en el jardín de la dama de Provenza, le hice una oferta a Henri. Le sugerí que dejase inmediatamente su empleo y se instalara en un pequeño laboratorio. Yo pagaría las facturas correspondientes a su experimento y le pagaría también un sueldo. El contrato sería para cinco años e iríamos a medias en lo que de él saliese.

Henri se mostró extásico.

—¿De veras? —exclamó—. ¿Lo dice en serio?

Le alargué la mano. La tomó entre las suyas y me la estrechó vigorosamente. Fue como estrechar la mano a una vaca tártara.

–¡Dominaremos a la humanidad! –dijo–. ¡Seremos los dioses de la tierra!

Me rodeó con sus brazos y me besó primero una mejilla y después la otra. ¡Esa condenada manía de los galos! El labio inferior de Henri parecía el vientre mojado de un sapo al rozarme la piel.

–Dejemos las celebraciones para más tarde –dije, secándome con un pañuelo de hilo.

Henri Biotte presentó disculpas y excusas a su anfitriona y aquella misma noche regresó corriendo a París. En el plazo de una semana dejó su empleo y alquiló tres habitaciones para instalar en ellas el laboratorio. Las habitaciones se encontraban en el tercer piso de una casa de la Rive Gauche, en la Rue de la Cassette, a poca distancia del Boulevard Raspad. Se gastó mucho dinero mío en equipar las habitaciones con aparatos complicados e, incluso, instaló una jaula grande en la que encerró a dos monos, macho y hembra. También contrató a un ayudante, una joven inteligente y moderadamente presentable que se llamaba Jeanette. Y, habiendo hecho todo esto, puso manos a la obra.

Deben tener presente que para mí aquella aventurilla no revestía demasiada importancia. Tenía otras muchas cosas para distraerme. Solía visitar a Henri un par de veces al mes para ver qué tal iban las cosas. Aparte de estas visitas, le dejaba totalmente en paz. Mi cerebro lo ocupaban otros asuntos. Me faltaba la paciencia necesaria para las investigaciones de esta índole. Y, al ver que no obtenía resultados rápidos, empecé a perder todo mi interés. Incluso los dos monos, cuyos impulsos sexuales eran notables, dejaron de parecerme divertidos al cabo de un tiempo.

Sólo una vez obtuve cierto placer de mis visitas al laboratorio de Henri. Como sin duda ya habrán notado, raras veces soy capaz de resistir los encantos de una mujer apenas moderadamente presentable. Y, por ello, cierta tarde de un jueves lluvioso, mientras Henri trabajaba en otra habitación, aplicando electrodos a los órganos olfatorios de una rana, yo me encontraba aplicando algo infinitamente más agradable a Jeanette en la otra habitación. Desde luego, no esperaba nada extraordinario de mi pequeña travesura. Actuaba más por hábito que por otra cosa. Pero, ¡santo Dios! ¡Qué sorpresa me llevé! Debajo de su bata blanca, aquella austera investigadora química resultó ser una hembra sinuosa y flexible de inmensa destreza. Los experimentos que llevó a cabo, primero con el oscilador y después con la centrifugadora de gran velocidad, me dejaron absolutamente sin aliento. De hecho, desde la funámbula turca que conocí en Ankara (véase el volumen XXI) no había experimentado nada parecido. Todo lo cual demuestra por milésima vez que las mujeres son tan inescrutables como el océano. Nunca sabes qué tienes bajo la quilla, aguas profundas o bajas, hasta que tiras la sonda.

Después de aquella tarde no volví a tomarme la molestia de visitar nuevamente el laboratorio. Ya conocen mi regla. Jamás vuelvo a una hembra por segunda vez. Conmigo al menos, las mujeres tocan invariablemente todas las notas durante el primer encuentro, por lo que una segunda vez no sería más que tocar la misma melodía con el mismo violín. ¿A quién le interesa algo así? No a mí. Así que, cuando de pronto oí la voz de Henri llamándome urgentemente por teléfono aquella mañana, a la hora del desayuno, casi me había olvidado de su existencia.

Crucé el endiablado tráfico parisiense hacia la Rue de la Cassette. Aparqué el coche y cogí el pequeño ascensor hasta el tercer piso. Henri me abrió la puerta del laboratorio.

–¡No se mueva! –exclamó–. ¡Quédese donde está!

Se alejó rápidamente y a los pocos momentos regresó con una bandeja pequeña en la que había dos objetos de caucho rojo y aspecto grasiento.

–¡Tapones para la nariz! –dijo–. Póngaselos. Igual que yo. Para que no entren las moléculas. Vamos, apriéteselos bien. Tendrá que respirar por la boca, pero da igual.

Los dos tapones tenían un cordelito azul en un extremo, seguramente para quitárselos de la nariz. Vi que los dos cordelitos azules colgaban de la nariz de Henri. Me puse los tapones. Henri los inspeccionó. Los apretó un poco más con el pulgar. Luego volvió a entrar bailando en el laboratorio, agitando sus manos peludas y exclamando:

—¡Entre ahora, mi querido Oswald! ¡Entre, entre! Perdone mi excitación, ¡pero hoy es un gran día para mí!

A causa de los tapones de la nariz, su voz sonaba como si estuviese muy resfriado. Se acercó a un armario y metió la mano dentro. Sacó uno de esos frasquitos cuadrados, hechos de vidrio muy grueso, que suelen contener unos treinta gramos de perfume. Lo llevó hasta donde me encontraba, protegiéndolo con las manos como si se tratase de un pajarillo.

—¡Mire! ¡Aquí lo tiene! ¡El fluido más precioso de todo el mundo!

Esta era la clase de observación estúpida que detesto intensamente.

—¿Así que cree que lo ha conseguido? —dije.

—¡No lo creo, Oswald! ¡Lo sé! ¡Estoy seguro de haberlo conseguido!

—Cuénteme cómo ha sido.

—No es fácil —dijo—. Pero lo intentaré.

Colocó cuidadosamente el frasquito en el banco.

—Dejé esta mezcla concreta, la número mil setenta y seis, para que se destilase durante la noche —prosiguió—. Lo hice porque cada media hora se obtiene una sola gota de líquido destilado. La coloqué de modo que goteasen en el interior de un vaso de precipitación precintado para que no se evaporase. Todos estos líquidos son extremadamente volátiles. De modo que esta mañana, cuando llegué a las ocho y media, abrí la número mil setenta y seis y la olí un poco. Sólo un poquito. Luego volví a cerrarla.

—¿Y después?

—¡Dios mío, Oswald, fue fantástico! ¡Perdí por completo el dominio de mí mismo! ¡Hice cosas que ni en sueños habría hecho en un millón de años!

—¿Por ejemplo?

—Mi querido amigo, ¡me puse como loco! ¡Me comporté como una bestia salvaje, como un verdadero animal! ¡Dejé de ser una persona! ¡Las influencias civilizadoras de siglos y siglos sencillamente se esfumaron! ¡Me convertí en un hombre del Neolítico!

—¿Qué hizo?

—No recuerdo muy claramente lo que hice a continuación. Fue todo tan rápido y violento. Pero me vi dominado por la sensación de lujuria más aterradora que uno pueda imaginarse. Todo lo demás se borró de mi mente. Lo único que deseaba era una mujer. Pensé que si no encontraba una mujer en seguida, estallaría.

—Afortunada Jeanette —dije, mirando hacia la habitación contigua—. ¿Cómo está ahora?

—Jeannette me dejó hace más de un año —dijo—. La reemplacé por una química joven y brillante que se llama Simone Gautier.

—Afortunada Simone, pues.

—¡No, no! —exclamó Henri—. ¡Eso fue lo malo! ¡Simone no había llegado aún! Hoy, precisamente hoy, ¡tenía que llegar tarde al trabajo! Empecé a enloquecer. Salí corriendo al pasillo y luego bajé la escalera. Era como un animal peligroso. Buscaba a una mujer, cualquier mujer, ¡y que el cielo la amparase cuando la encontrara!

—¿Y a quién encontró?

—A nadie, gracias a Dios. Porque de repente recobré el juicio. El efecto había pasado. Fue muy rápido, cuando me encontraba en el descansillo del segundo piso, a solas. Sentí frío. Pero en seguida supe exactamente qué había pasado. Regresé corriendo y volví a entrar en esta habitación apretándome fuertemente la nariz con el índice y el pulgar. Me dirigí inmediatamente al cajón donde guardo los tapones para la nariz. Desde que empecé a trabajar en este proyecto tengo un surtido de tapones para la nariz a mano, por si se presenta la ocasión de utilizarlos. Me los puse y quedé libre de peligro.

—¿Las moléculas no pueden llegar a la nariz pasando por la boca? —pregunté.

—No pueden llegar a los receptores —dijo—. Por eso no puede oler a través de la boca. De modo que me acerqué al aparato y corté el calor. Luego transvasé el precioso líquido del vaso de precipitación a esta botella herméticamente cerrada que ve usted aquí. Contiene exactamente once centímetros cúbicos de la mezcla número mil setenta y seis.

—Y luego me telefoneó.

—No inmediatamente, no. Porque en aquel momento llegó Simone. En cuanto me vio entró corriendo en la habitación contigua, chillando como una loca.

—¿Por qué hizo tal cosa?

—¡Dios mío, Oswald! ¡Porque me encontró en cueros! ¡Y yo sin enterarme! ¡Seguramente me había arrancado la ropa!

—¿Y luego... qué?

—Volví a vestirme. Después fui y le conté a Simone todo lo que había ocurrido. Al oír la verdad, se excitó tanto como yo. No olvide que llevamos más de un año trabajando juntos en esto.

—¿Simone está aquí todavía?

—Sí. Está en la habitación de al lado, en el otro laboratorio.

Menuda historia me acababa de contar Henri. Levanté el frasquito y lo examiné al trasluz. A través del vidrio grueso pude ver unos siete u ocho milímetros de líquido pálido y color gris tirando a rosa, como el jugo de un membrillo maduro.

—Que no se le caiga —dijo Henri—. Será mejor que lo deje —lo dejé—. El siguiente paso —prosiguió— consistirá en hacer una prueba científica. Para ello, primero tendré que echar una cantidad determinada sobre una mujer y luego hacer que un hombre se le acerque. Será necesario que yo observe la operación desde poca distancia.

—Es usted un viejo verde —dije.

—Soy un químico olfatorio —dijo con afectación.

—¿Por qué no salgo a la calle con los tapones de la nariz puestos —dije—, y echo un poco sobre la primera mujer que pase por mi lado? Usted puede observar desde la ventana. Seguramente sería divertido.

—Desde luego —dijo Henri—. Pero no muy científico. La prueba he de hacerla a puerta cerrada y en condiciones controladas.

—Y yo interpretaré el personaje masculino —dije.

—No, Oswald.

—¿Cómo que no? Insisto.

—Ahora escúcheme —dijo Henri—. Todavía no hemos averiguado qué ocurrirá cuando una mujer esté presente. Este líquido es muy poderoso. De eso estoy seguro. Y usted, mi querido señor, no es precisamente un jovenzuelo. Podría resultar peligrosísimo. Podría llevarle más allá de su capacidad de resistencia.

Me sentí picado.

—Mi resistencia no conoce límites —dije.

—Bobadas —dijo Henri—. Me niego a correr riesgos. Por esto he contratado al joven más capacitado y fuerte que he podido encontrar.

—¿Quiere decir que ya lo ha contratado?

—Por supuesto —dijo Henri—. Me siento excitado e impaciente. Tengo ganas de seguir con el experimento. El muchacho llegará dentro de un momento.

—¿Quién es?

—Un boxeador profesional.

—¡Santo Dios!

—Se llama Pierre Lacaille. Le pagaré mil francos por su trabajo.

—¿Cómo dio con él?

—Conozco a mucha más gente de lo que usted cree, Oswald. No soy un ermitaño.

—¿Sabe el joven en cuestión lo que le espera?

—Le he dicho que va a participar en un experimento científico relacionado con la psicología del sexo. Cuanto menos sepa, mejor.

—¿Y la mujer? ¿Quién será ella?

—Simone, desde luego —contestó Henri—. Es científica y, por consiguiente, podrá observar las reacciones del macho aún mejor que yo.

—De eso no hay duda —dije—. ¿Ella se da cuenta de lo que podría pasarle?

—Perfectamente. Y me costó muchísimo persuadirla. Tuve que insistir en que participaría en una demostración que pasará a la historia. Se hablará del asunto durante centenares de años.

—Tonterías —dije.

—Mi querido señor, en el transcurso de los siglos hay ciertos momentos épicos, grandes descubrimientos científicos, que jamás caen en el olvido. Como aquella vez en que el doctor Horace Wells de Hartford, Connecticut, se hizo extraer una muela en 1844.

—¿Qué tuvo eso de histórico?

—El doctor Wells era un dentista que llevaba un tiempo jugueteando con el gas de óxido nitroso. Cierto día le dio un terrible dolor de muelas. Le constaba que tendrían que sacarle la muela, de modo que llamó a otro dentista para que se encargase de ello. Pero primero persuadió a su colega de que se pusiera una mascarilla y le aplicase óxido nitroso. Quedó inconsciente, la muela fue extraída y despertó fresco como una rosa. Pues bien, Oswald, *esa* fue la primera operación del mundo que se llevó a cabo bajo anestesia general. Fue el comienzo de algo grande. Nosotros haremos lo mismo.

En aquel momento sonó el timbre de la puerta. Henri cogió un par de tapones para la nariz y fue a abrirla. Y allí estaba Pierre, el boxeador. Pero Henri no le permitió entrar hasta que se hubo introducido los tapones en la nariz. Creo que el muchacho entró convencido de que iba a actuar en una película pornográfica, pero el asunto de los tapones seguramente le quitó la ilusión en el acto. Pierre Lacaille era un peso gallo, bajito, musculoso y nervudo. Tenía la cara aplastada y la nariz torcida. Contaría unos veintidós años y parecía algo obtuso.

Henri nos presentó y seguidamente nos hizo pasar al laboratorio contiguo, donde Simone se encontraba trabajando. Llevaba puesta una bata blanca y estaba de pie ante el banco de trabajo, escribiendo algo en una libreta. Al entrar, alzó la cabeza y nos miró a través de los gruesos cristales de sus gafas. La montura de las gafas era de plástico blanco.

–Simone –dijo Henri–, le presento a Pierre Lacaille.

Simone miró al boxeador, pero no dijo nada. Henri no se tomó la molestia de presentarme.

Simone era una mujer delgada, de unos treinta años y cara agradablemente limpia. Llevaba el pelo hacia atrás y recogido en un moño. Esto, unido a las gafas blancas, la bata blanca y la piel blanca de su cara, le daba un curioso aspecto antiséptico. Daba la impresión de que la hubiesen esterilizado durante treinta minutos en un autoclave y de que hubiera que cogerla con guantes de goma. Miró fijamente al boxeador con sus ojos grandes y castaños.

–Manos a la obra –dijo Henri–. ¿Preparado?

–No sé qué va a pasar –dijo el boxeador–. Pero estoy preparado.

Dio unos pasitos de baile sobre la punta de los pies.

También Henri estaba preparado. Era evidente que lo había ensayado todo antes de mi llegada.

–Simone se sentará en esa silla –dijo, señalando una sencilla silla de madera que había en medio del laboratorio–. Y usted, Pierre, se colocará en la señal de los seis metros sin quitarse los tapones de la nariz.

En el suelo había líneas trazadas con tiza que indicaban diversas distancias respecto de la. silla, de medio metro a seis metros.

–Empezaré rociando el cuello de la señora con una pequeña cantidad de líquido –prosiguió Henri, dirigiéndose al boxeador–. Entonces se quitará usted los tapones y empezará a caminar despacio hacia ella –se volvió hacia mí y dijo–: Ante todo quiero descubrir el alcance eficaz, la distancia exacta en que se encuentre del objetivo cuando las moléculas surtan su efecto.

–¿Empezará con la ropa puesta? –pregunté.

–Exactamente tal como está ahora.

–¿Y qué se espera de la señora, que coopere o se resista?

–Ni una cosa ni otra. Debe ser un instrumento puramente pasivo en sus manos.

Simone seguía mirando al boxeador. Vi que sacaba un poco la lengua y se humedecía los labios.

–Este perfume –le dije a Henri–, ¿tiene algún efecto sobre las mujeres?

–Absolutamente ninguno –dijo–. Por esto haré que Simone salga y vaya a preparar el pulverizador.

La muchacha entró en el laboratorio principal y cerró la puerta tras de sí.

–Así que usted echa algo sobre la chica y yo me acerco a ella –dijo el boxeador–. ¿Qué ocurre entonces?

–Tendremos que esperar a verlo –dijo Henri–. No estará preocupado, ¿verdad?

–¿Preocupado yo? –dijo el boxeador–. ¿A causa de una mujer?

–Buen chico –dijo Henri, que se estaba excitando mucho. Daba rápidos paseos de un lado a otro de la habitación, comprobando una y otra vez la posición de la silla sobre la señal de tiza y trasladando todos los objetos rompibles, tales como probetas, botellas y tubo de ensayo, del banco de trabajo a una estantería alta–. Este no es el lugar ideal –dijo–, pero tendremos que sacarle el máximo partido.

Se cubrió la parte inferior del rostro con una mascarilla de cirujano y después me entregó otra a mí.

—¿No se fía de los tapones para la nariz?

—Es sólo una precaución extra —dijo—. Póngasela.

La muchacha regresó con un pequeño pulverizador de acero inoxidable y se lo dio a Henri, que se sacó un cronógrafo del bolsillo.

—Prepárense, por favor —dijo Henri—. Usted, Pierre, colóquese en la señal de los seis metros —Pierre obedeció. La muchacha se sentó en la silla. Era una silla sin brazos. Se sentó muy erguida y pulcra con su inmaculada bata blanca y las manos sobre el regazo, juntas las rodillas. Henri se apostó detrás de la muchacha y yo me coloqué a un lado—. ¿Preparados? —exclamó Henri.

—Espere —dijo la muchacha.

Era la primera palabra que decía desde mi llegada. Se levantó, se quitó las gafas, las colocó en una estantería alta y luego volvió a sentarse. Se alisó la bata a lo largo de los muslos, juntó las manos y volvió a apoyarlas en el regazo.

—¿Preparados ahora? —preguntó Henri.

—Adelante —dije—. Dispare.

Henri apuntó con el pulverizador una zona de piel desnuda debajo de la oreja de Simone y apretó el gatillo. El pulverizador emitió un silbido apagado y una fina llovizna surgió por la boquilla.

—¡Quítese los tapones! —exclamó Henri. dirigiéndose al boxeador al mismo tiempo que se apartaba rápidamente de Simone y se colocaba a mi lado. El boxeador cogió los cordoncitos que le salían de la nariz y tiró de ellos. Los tapones embadurnados con vaselina salieron sin dificultad.

—¡Vamos, vamos! —gritó Henri—. ¡Muévase! ¡Deje caer los tapones al suelo y avance lentamente! —el boxeador dio un paso al frente—. ¡No tan aprisa! —exclamó Henri—. ¡Despacito! ¡Así está mejor! ¡No se detenga! ¡No se detenga!

Estaba loco de excitación y debo reconocer que yo mismo empezaba a sentirme alterado. Miré a la muchacha. Se hallaba agazapada en la silla, a sólo unos metros del boxeador, tensa, inmóvil, observando cada uno de los movimientos del hombre, y me encontré pensando en una rata blanca que en cierta ocasión había visto en la jaula de una enorme serpiente pitón. La serpiente iba a zamparse a la rata y ésta lo sabía y se agachaba y permanecía inmóvil, hipnotizada, totalmente paralizada y fascinada por la serpiente que avanzaba lentamente hacia ella.

El boxeador avanzaba paso a paso.

Al pasar por la señal de los cinco metros, la muchacha abrió las manos y las apoyó sobre los muslos con las palmas hacia abajo. Luego cambió de parecer y las colocó más o menos debajo de las nalgas, sujetando el asiento de la silla por ambos lados, preparándose para resistir el asalto, por así decirlo.

El boxeador acababa de pasar la señal de los dos metros cuando el olor le dio en las narices. Se detuvo en seco. Los ojos se le pusieron vidriosos y se tambaleó, como si acabaran de descargarle un mazazo en la cabeza. Creí que iba a desplomarse cuan largo era, pero no fue así. Se quedó de pie, tambaleándose levemente como un borracho. De pronto empezó a hacer ruidos con la nariz, unos resoplidos y gruñidos sordos, extraños, que me hicieron pensar en un cerdo husmeando su comedero. Entonces, sin advertencia previa, saltó sobre la muchacha. Le arrancó la bata blanca, el vestido y la ropa interior. Después de eso, el infierno se desató en la habitación.

De poco sirve describir exactamente lo que pasó durante los minutos siguientes. La mayor parte ya se la pueden imaginar. Tengo que reconocer, no obstante, que Henri probablemente había acertado al escoger a un joven excepcionalmente capacitado y sano. Detesto tener que decirlo, pero dudo que mi cuerpo maduro hubiese podido resistir aquella gimnasia increíblemente violenta que el boxeador se sintió obligado a hacer. No soy ningún mirón. Odio esta clase de cosas. Pero, en este caso, me quedé allí de pie, absolutamente paralizado. La ferocidad puramente animal de aquel hombre daba miedo. Era como una bestia salvaje. Y justo a la mitad de todo ello, Henri hizo una cosa interesante. Sacó un revólver, se acercó corriendo al boxeador y gritó:

—¡Apártate de esa chica! ¡Déjala en paz o te pego un tiro! —el boxeador no le hizo el menor caso, de modo que Henri apuntó algo más arriba de su cabeza e hizo fuego al mismo tiempo que gritaba—: ¡Lo digo en serio, Pierre! ¡Te mataré si no te detienes! —el boxeador ni siquiera levantó los ojos.

Henri daba saltos y bailaba alrededor de la habitación, gritando:

—¡Es fantástico! ¡Es magnífico! ¡Increíble! ¡Funciona! ¡Funciona! ¡Lo hemos logrado, mi querido Oswald! ¡Lo hemos logrado!

La acción se detuvo tan rápidamente como empezara. De pronto el boxeador soltó a la muchacha, se levantó, parpadeó varias veces y luego dijo:

—¿Dónde demonios estoy? ¿Qué ha ocurrido?

Simone, que parecía haber salido del trance sin ningún hueso roto, se levantó de un salto, cogió su ropa y entró corriendo en la habitación contigua.

—Gracias, *mademoiselle* —dijo Henri cuando pasó volando por su lado.

Lo más interesante de todo era que el aturdido boxeador no tenía la menor idea de lo que acababa de hacer. Se quedó de pie, desnudo y empapado en sudor, recorriendo la habitación con los ojos y tratando de adivinar cómo diablos se había quedado en aquel estado.

—¿Qué he hecho? —preguntó—. ¿Dónde está la chica?

—¡Has estado tremendo! —gritó Henri, echándole una toalla—. ¡No te preocupes por nada! ¡Los mil francos son tuyos!

Justo en aquel instante la puerta se abrió violentamente y Simone, todavía desnuda, entró corriendo en el laboratorio.

—¡Vuelva a rociarme! —exclamó—. ¡Oh, *monsieur* Henri, rócíeme una vez más, sólo una!

Tenía la cara encendida y los ojos relucientes.

–El experimento ha concluido –dijo Henri–. Vaya a vestirse.

Le sujetó los hombros con firmeza y la obligó a entrar en la habitación de al lado. Luego cerró la puerta con llave.

Media hora más tarde Henri y yo celebrábamos nuestro éxito en un cafetín de la misma Rue de la Cassette. Bebíamos café y coñac.

–¿Cuánto tiempo ha durado? –pregunté.

–Seis minutos y treinta y dos segundos –contestó Henri.

Bebí un sorbo de coñac y contemplé la gente que pasaba por la calle.

–¿Cuál es el siguiente paso?

–Primero he de poner mis notas al día –dijo Henri–. Luego hablaremos del futuro.

–¿Alguien más conoce la fórmula?

–Nadie.

–¿Qué me dice de Simone?

–No la conoce.

–¿La ha escrito en alguna parte?

–No de manera que alguien pudiera entenderla. Lo haré mañana.

–Hágalo antes que nada –dije–. Quiero una copia para mí. ¿Cómo llamaremos al líquido? Necesitamos un nombre.

–¿Qué sugiere usted?

–*Perra* –dije–. Llamémoslo *Perra* –Henri sonrió y asintió lentamente con la cabeza. Pedí más coñac–. Sería un producto estupendo para dispersar alborotadores –dije–. Mucho mejor que el gas lacrimógeno. Imagínese la escena si rociara una chusma enfurecida.

–Bonita –dijo Henri–. Muy bonita.

–Otra cosa que podríamos hacer –dije– es venderlo por un precio fantástico a mujeres muy gordas y muy ricas.

–Sí podríamos hacerlo –contestó Henri.

—¿Cree que curaría la pérdida de la virilidad en los hombres? —le pregunté.

—Desde luego —dijo Henri—. La impotencia se iría a paseo.

—¿Qué me dice de los octogenarios?

—También a ellos —dijo—, aunque también los mataría.

—¿Y los matrimonios fracasados?

—Mi querido amigo —dijo Henri—. Las posibilidades son infinitas.

En aquel preciso momento la semilla de una idea penetró poco a poco en mi cerebro. Como ustedes saben, me apasiona la política. Y, aunque soy inglés, la política que más me apasiona es la de los Estados Unidos de América. Siempre he creído que es allá abajo, en aquella nación poderosa y revuelta, donde, sin duda, se prepara el destino de la humanidad. Y justo en aquel momento ocupaba la presidencia un individuo al que no podía tragar. Era un hombre malo que seguía una política igualmente mala. Peor que eso, era un ser sin humor ni atractivo. De manera que, ¿por qué yo, Oswald Cornelius, no lo forzaba a renunciar a su cargo?

La idea me atrajo.

—¿Cuánto *Perra* tiene en el laboratorio en este momento? —pregunté.

—Exactamente diez centímetros cúbicos —dijo Henri.

—¿Y cuántos se necesitan para una dosis?

—Hemos utilizado un centímetro cúbico para el experimento.

—Entonces eso es todo lo que necesito —dije—. Un centímetro cúbico. Me lo llevaré a casa hoy mismo. Y un juego de tapones para la nariz.

—No —dijo Henri—. No debemos jugar con el líquido en esta fase. Resulta demasiado peligroso.

—Es propiedad mía —dije—. La mitad de él es mía. No se olvide de nuestro acuerdo.

Al final tuvo que ceder. Pero lo hizo de muy mala gana. Regresamos al laboratorio, nos pusimos los tapones y Henri midió exactamente un centímetro cúbico de *Perra* en un frasquito de esencia. Selló el tapón con cera y me dio el frasquito.

–Le imploro que sea discreto –dijo–. Probablemente se trata del descubrimiento científico más importante del siglo y no debe tratarse a la ligera.

Del laboratorio de Henri me fui directamente al taller de un viejo amigo mío, Marcel Brossollet. Marcel era inventor y fabricante de artilugios científicos de precisión. Trabajaba mucho para los cirujanos, creando nuevos tipos de válvulas para el corazón y marcapasos, así como esas válvulas pequeñas de circuito único que reducen la presión intercraneal en los hidrocéfalos.

–Quiero que me fabriques una cápsula –le dije a Marcel– que tenga cabida para exactamente un centímetro cúbico de líquido. Esta valvulita debe llevar un mecanismo de sincronización que la parta y haga que el líquido salga en un momento fijado de antemano. En conjunto la cápsula no debe medir más de ocho milímetros de largo y otros ocho de grueso. Cuanto más pequeña sea, mejor. ¿Podrás hacerla?

–Muy fácilmente –contestó Marcel–. Una cápsula de plástico delgado, un trocito microscópico de hoja de afeitar para partirla, un muelle que ponga en marcha la hoja de afeitar y el habitual sistema de activación en un relojito de señora. ¿Es necesario que la cápsula pueda llenarse?

–Sí. Hazla de manera que yo mismo pueda llenarla y sellarla después. ¿Tendrás lista dentro de una semana?

–¿Por qué no? –dijo Marcel–. Es muy sencillo.

Al día siguiente recibí noticias desagradables. Aquella perra lasciva de Simone, al parecer, se había echado por encima todo el líquido que le quedaba a Henri, más de nueve centímetros cúbicos, en cuanto llegó al laboratorio. Luego se había acercado a Henri por detrás, en el momento en que él se disponía a poner sus notas al día.

No hace falta que les diga qué ocurrió a continuación. Y lo peor de todo: a la muy estúpida se le había olvidado que Henri padecía una grave dolencia cardíaca. ¡Maldita sea! ¡Pero si ni siquiera le dejaban subir un tramo de escalones! De modo que, cuando las moléculas le dieron en la nariz, al pobre no le quedó ni una oportunidad. Murió en menos de un minuto, murió en combate, como dicen en el ejército, y se acabó lo que se daba.

Aquella mujer infernal al menos hubiese podido esperar que terminase de anotar la fórmula. Pero no fue así y Henri no dejó ni una sola nota. Registré el laboratorio después de que se llevasen el cadáver, pero no encontré nada. Así que ahora más que nunca estaba decidido a aprovechar el último centímetro cúbico de *Perra* que quedaba en el mundo.

Una semana después recogí un bello artilugio en el taller de Marcel Brossollet. El mecanismo de sincronización consistía en el reloj más diminuto que he visto en mi vida y que, junto con la cápsula y todas las demás piezas, iba unido a una diminuta plaquita de aluminio. Marcel me mostró qué había que hacer para llenar la cápsula, cerrarla y fijar el mecanismo de sincronización. Le di las gracias y pagué la factura.

A la primera ocasión que se me presentó volé a Nueva York. Me alojé en el Plaza Hotel de Manhattan. Llegué allí alrededor de las tres de la tarde. Me bañé y afeité y pedí al servicio de restaurante que me enviasen una botella de Glenlivet y un poco de hielo. Sintiéndome limpio y cómodo enfundado en mi bata, me preparé un buen vaso del delicioso whisky de malta y, después, me acomodé en una butaca con un ejemplar del *New York Times* de aquella mañana. Mi suite daba al Central Park y por la ventana abierta llegaba hasta mí el zumbido del tráfico y los bocinazos de los taxis en Central Park South. De pronto, uno de los titulares más pequeños de la primera página me llamó la atención. Decía: «EL PRESIDENTE SALDRÁ POR TELEVISIÓN ESTA NOCHE». Seguí leyendo *Se espera que el presidente haga una importante declaración sobre política exterior esta noche en la cena que las Hijas de la Revolución Americana darán en su honor en el salón de baile del Waldorf Astoria...*

¡Dios mío, qué golpe de suerte!

Estaba dispuesto a pasar muchas semanas en Nueva York esperando una oportunidad parecida. No es frecuente que el presidente de los Estados Unidos aparezca en compañía de un hatajo de mujeres en la televisión. Y así era exactamente tal como yo lo necesitaba. Era un sujeto extraordinariamente escurridizo. Había caído en más de una cloaca y siempre había salido apestando a mierda. A pesar de ello, en cada una de tales ocasiones se las había arreglado para convencer a la nación de que el mal olor procedía de otra persona y no de él. De modo que mi plan era el siguiente: un hombre que viola a una mujer ante los ojos de veinte millones de telespectadores pasaría bastantes apuros para negar lo ocurrido.

Seguí leyendo. *El presidente hablará durante veinte minutos aproximadamente, comenzando a las nueve de la noche, y las principales cadenas de televisión transmitirán su discurso. Será presentado por mistress Elvira Ponsonby, la actual presidenta de las Hijas de la Revolución Americana. Al ser entrevistada en su suite del Waldorf Towers, mistress Ponsonby dijo...*

¡Era perfecto! Mistress Ponsonby se sentaría a la diestra del presidente. A las nueve y diez en punto, cuando el presidente tuviera muy avanzado su discurso y la mitad de la población de los Estados Unidos se encontrase sentada ante sus televisores, una capsulita escondida en el seno de mistress Ponsonby sería perforada y medio centímetro cúbico de *Perra* iría a parar a su vestido de baile de lame de plata. El presidente levantaría la cabeza, olfatearía el aire una y otra vez, los ojos se le saldrían de las órbitas, las aletas de la nariz se le dilatarían y empezaría a resoplar como un caballo semental. Luego, de repente, se volvería hacia mistress Ponsonby y la sujetaría. La mujer se vería lanzada sobre la mesa y el presidente se arrojaría sobre ella mientras el pastel *à la mode* y la tarta de fresas volarían en todas direcciones.

Me arrellané en la butaca y cerré los ojos, saboreando la deliciosa escena. Vi los titulares de la prensa de la mañana siguiente:

«LA MEJOR ACTUACIÓN DEL PRESIDENTE HASTA LA FECHA»
«SECRETOS PRESIDENCIALES REVELADOS A LA NACIÓN»
«EL PRESIDENTE INAUGURA LA TELEVISIÓN PORNOGRÁFICA»
y así sucesivamente.

El primer mandatario sería desposeído de su cargo al día siguiente y yo saldría tranquilamente de Nueva York y volvería a París. ¡Súbitamente me di cuenta de que me iría a la mañana siguiente!

Comprobé la hora. Eran casi las cuatro. Me vestí sin prisas. Luego bajé en ascensor al vestíbulo principal y salí a pasear por Madison Avenue. Cerca de la calle 62 encontré una buena floristería. En ella compré un ramillete para llevar en el pecho formado por tres enormes orquídeas. Eran unas orquídeas con manchas blancas y malva y resultaban especialmente vulgares. Igual que mistress Elvira Ponsonby, indudablemente. Ordené que las metiesen en un estuche elegante atado con cordón dorado. Luego regresé al Plaza con el estuche bajo el brazo y subí a mi suite.

Cerré con llave todas las puertas que daban al pasillo, no fuera el caso que entrara alguna doncella para prepararme la cama. Saqué los tapones para la nariz y con mucho cuidado los unté de vaselina. Después me los metí en la nariz, empujándolos fuertemente hacia arriba. A modo de precaución extra, me cubrí la parte inferior del rostro con una mascarilla de cirujano, como Henri hiciera en su laboratorio. Ya estaba preparado para el siguiente paso.

Utilizando un cuentagotas corriente, trasvasé mi precioso centímetro cubito de *Perra* del frasquito de esencia a la capsulita. La mano que sujetaba el cuentagotas me tembló un poco durante la operación, pero todo fue bien. Sellé la capsulita. Después di cuerda al relojito y lo puse a la hora correcta. Eran las cinco y tres minutos. Finalmente ajusté el sincronizador para que se disparase y partiera la capsulita a las nueve y diez minutos.

Para atar unos con otros los tallos de las tres enormes orquídeas, la florista había utilizado una cinta blanca de unos dos o tres centímetros de ancho y poco trabajo me costó desatarla y esconder la capsulita y el sincronizador entre los tallos, atando ambos objetos con hilo de algodón. Una vez hecho esto, volví a colocar la cinta alrededor de los tallos, ocultando el artilugio. Luego volví a hacer el lazo. Quedó muy bonito.

Seguidamente telefoneé al Waldorf y me dijeron que la cena empezaría a las ocho, pero que los invitados debían reunirse en el salón de baile a las siete y media, antes de que llegase el presidente.

A las siete menos diez minutos despedí al taxi delante de Waldorf Towers y entré en el edificio. Crucé el pequeño vestíbulo y coloqué el estuche de las orquídeas sobre el mostrador de recepción. Me incliné sobre el mostrador, acercándome todo lo posible al empleado.

—Tengo que entregar este paquete a mistress Elvira Ponsonby —susurré, utilizando un leve acento americano—. Es un regalo de parte del presidente.

El empleado me miró con suspicacia.

—Mistress Ponsonby tiene que presentar al presidente antes de que dirija la palabra a los comensales en el salón de baile esta noche —añadí—. El presidente desea que este ramillete le sea entregado ahora mismo.

—Déjelo aquí y haré que se lo suban a su suite —dijo el empleado.

—No, nada de eso —dije—. Tengo órdenes de entregarlo en mano. ¿Cuál es el número de su suite?

El hombre quedó impresionado.

—Mistress Ponsonby está en la quinientas una —dijo.

Le di las gracias y me metí en el ascensor. Cuando salí del ascensor en el quinto piso y eché a andar por el pasillo el ascensorista se quedó mirándome. Llamé al timbre de la suite quinientas una.

Me abrió la puerta la hembra más enorme que jamás había visto. He visto mujeres gigantescas en el circo. He visto mujeres luchadoras y levantadoras de pesos. He visto a las corpulentas mujeres masai en las llanuras que se extienden a los pies del Kilimanjaro. Pero nunca había visto una mujer tan alta, tan ancha y tan gruesa como aquélla. Ni tan absolutamente repugnante. Iba peinada y vestida para la mayor ocasión de su vida y, en los dos segundos que transcurrieron antes de que uno de los dos dijese algo, tuve tiempo de observarlo todo: el pelo gris y azulado, metálico, cuidadosamente fijado hasta el último cabello, la nariz larga y puntiaguda olfateando en busca de camorra, los ojillos castaños, de cerdito, los labios encogidos, la mandíbula prognata, los polvos, el rimel, el lápiz de labios escarlata y, lo más horrible de todo, el pecho inmenso y empujado hacia arriba por el sujetador, proyectándose hacia adelante como si fuera un balcón. Le sobresalía tanto que era un milagro que su peso no la hiciera caer de narices. Y allí estaba aquella giganta neumática, envuelta del cuello a los tobillos en las barras y estrellas de la bandera americana.

—¿Mistress Elvira Ponsonby? —musité.

—Yo soy mistress Ponsonby —dijo con voz atronadora—. ¿Qué quiere? Estoy ocupadísima.

—Mistress Ponsonby —dije—. El presidente me ha ordenado que le entregara esto personalmente.

Se derritió en el acto.

—¡Qué detalle! —gritó—. ¡Qué detalle más hermoso!

Dos manos inmensas se adelantaron para coger el estuche. Las dejé hacer.

—Tengo instrucciones de asegurarme de que abra usted el estuche antes de acudir al banquete —dije.

—Por supuesto que lo abriré —dijo—. ¿Tengo que hacerlo delante de usted?

—Si no le importa.

—De acuerdo. Pase. Pero no dispongo de mucho tiempo.

La seguí hasta la salita de la suite.

–He de decirle –dije– que se lo entrego con los mejores deseos de un presidente a otro.

–¡Ja! –rugió–. ¡Eso me ha gustado! ¡Qué hombre más atento es el presidente! –deshizo el nudo del cordón de oro y levantó la tapa del estuche–. ¡Me lo figuraba! –gritó–. ¡Orquídeas! ¡Qué espléndido! ¡Son mucho más vistosas que esta cosita miserable que llevo puesta!

La galaxia de estrellas que adornaba su busto me había deslumbrado hasta el punto de impedir que me fijase en la orquídea solitaria que llevaba prendida a la izquierda.

–Tengo que cambiarlas en seguida –dijo–. El presidente esperará que luzca su obsequio.

–Desde luego –dije.

Para darles una idea de hasta qué punto sobresalía su pecho, les diré que, al alargar las manos para quitarse la orquídea solitaria, sólo pudo rozarla con la punta de los dedos, pese a que extendió los brazos al máximo. Se pasó varios segundos manoseando el prendedor, pero, como no podía ver lo que hacía, no consiguió desprenderlo.

–Me da miedo rasgarme esta túnica tan preciosa –dijo–. Ande, hágalo usted –dio media vuelta y me dio en el rostro con su pecho de mamut. Titubeé–. ¡Vamos! –rugió–. ¡No dispongo de toda la noche!

Puse manos a la obra y, finalmente, conseguí quitarle el prendedor del vestido.

–Ahora vamos a prender las otras –dijo.

Dejé la orquídea solitaria sobre la mesa y con sumo cuidado extraje las mías del estuche.

–¿Tienen prendedor? –preguntó.

–No creo –dije. Eso era algo que se me había olvidado.

–No importa –dijo–. Utilizaremos el otro. Desprendió el imperdible de la primera orquídea y entonces, antes de que pudiera impedírselo, cogió las tres orquídeas de mi mano y clavó con fuerza la aguja en la cinta blanca que rodeaba los tallos. La clavó casi exactamente en el punto donde yo había ocultado la capsulita de *Perra*. La aguja chocó con algo duro y no pasó más allá. Volvió a clavarla con fuerza. De nuevo chocó con algo metálico—. ¿Qué diablos hay aquí debajo? –dijo, resoplando.

–¡Deje que lo haga yo! –exclamé, pero ya era demasiado tarde: la mancha húmeda de *Perra* empezaba a extenderse por la cinta blanca y al cabo de una centésima fracción de segundo el olor llegó a mi nariz. Me dio de lleno en el olfato y en realidad no se parecía nada a un olor, porque un olor es algo intangible. No se puede palpar un olor. Pero aquel líquido era palpable. Era sólido. Sentí como si alguna especie de líquido de fuego entrara a gran presión por los orificios de mi nariz. Resultaba incomodísimo. Lo sentía subir más y más, dejando atrás los pasajes de la nariz, penetrando por detrás de la frente y buscando el cerebro. De pronto las barras y estrellas del vestido de mistress Ponsonby empezaron a bailar y luego toda la habitación empezó a dar vueltas y sentí cómo el corazón me golpeaba el interior de la cabeza. Tenía la sensación de que me estaban anestesiando.

En aquel punto debí de perder por completo el conocimiento, aunque sólo fuera durante un par de segundos.

Cuando volví en mí, me encontré desnudo en una habitación rosa y noté una sensación extraña en las ingles. Bajé los ojos y vi que mi querido órgano sexual tenía metro y medio de longitud y un grosor proporcional. Y seguía creciendo. Se alargaba e hinchaba a un ritmo tremendo. Al mismo tiempo, mi cuerpo se encogía. Cada vez se hacía más y más pequeño. Y mi órgano iba haciéndose más y más grande y siguió creciendo, ¡vive Dios!, hasta que envolvió todo mi cuerpo y lo absorbió dentro de sí mismo. Me encontré transformado en un pene gigantesco y perpendicular, de más de dos metros de alto y todo lo bonito que se pueda pedir.

Di unos pasitos de baile por la habitación para celebrar mi nueva y espléndida condición. Por el camino me encontré con una doncella que llevaba un vestido con barras y estrellas. Era muy grande para ser una doncella. Me erguí en toda mi longitud y con voz fuerte declamé:

«La flor veraniega es dulce para el verano,
florece a pesar del intenso calor,
pero dime la verdad, ¿has visto alguna vez
un órgano sexual tan espléndido como yo?»

La doncella dio un salto y me rodeó hasta donde sus brazos se lo permitieron. Luego exclamó:

«¿Debo compararte con un día de verano?
¿Debo...? Oh, cariño, no sé qué decir.
Pero toda la vida he deseado besar
a un hombre capaz de erguirse así.»

Momentos después los dos estábamos a millones de kilómetros en el espacio exterior, volando a través del universo en medio de un diluvio de meteoritos rojos y dorados. La montaba a pelo, agachándome hacia adelante y sujetándola con fuerza entre mis muslos.

–¡Más aprisa! –grité, clavando las largas espuelas en sus flancos–. ¡Más aprisa!

Más aprisa y más aún voló, bricando y girando alrededor del borde del firmamento, con las crines bañadas por el sol y la nieve surgiendo de su cola. La sensación de poder que me embargaba era abrumadora. Yo era invencible, supremo. Era el Señor del Universo, esparciendo los planetas, recogiendo las estrellas en la palma de la mano y arrojándolas a lo lejos, como si fueran pelotas de ping-pong.

¡Oh, éxtasis y embeleso! ¡Oh, Jericó y Tiro y Sidón! Las murallas se vinieron abajo y se desintegró el firmamento y, saliendo del humo y el fuego de la explosión, la sala de estar de Waldorf Towers regresó lentamente a mi conciencia brumosa como un día de lluvia. El lugar era todo escombros. Un tornado hubiera causado menos desperfectos. Mi ropa estaba en el suelo. Empecé a vestirme muy deprisa. Lo hice en unos treinta segundos escasos. Y, al correr hacia la puerta, oí una voz que parecía salir de detrás de una mesa volcada en el rincón más alejado de la sala.

–No sé quién es usted, joven –dijo la voz–. Pero ciertamente ha hecho que me sienta muchísimo mejor.

ÍNDICE